脳梗塞の手記

菊池 新平

東京図書出版

まえがき

ある日を境に全く知らない日常が強引に始まる。

どう振る舞えばいいのか教えてくれるひとなど誰もいないし、知っているひともいない。

それは病気だとは知っていても、どんな症状がどのように身体を襲い、どんな影響を及ぼすのかなんて医師だってその病気になったことがないのだから知る由もない。

医師は臨床を重ね症状や対処法は知っていても、どれほど苦しいか、どんなに痛いかなどに思い至らないようなのだ。


だから私はここにそれを記そうと思った。

もっともそれが二章にもなるとは思わなかったし、書けるようになるまでこんなに時間を要するなんて考えもしなかった。


医師の語る脳梗塞、看護師の語る看護、介護士の語る介護とは違った側面から、患者であり被介護者の内側を、本書で感じていただければ幸いである。

脳梗塞の手記◇目次

第一章

「リハビリテーション」って？

1　発　症

２０１５年３月16日、月曜日、20時30分過ぎ。

「ただいまー」

玄関ドアを開けると妻が大きな声で「どうしたの？　変よ！」。

「えっ⁉」

「救急車を呼ぶわ！」

「ちょっ、ちょっと、待て！」言う間もなく。

それほど異常だったのだろうか？

妻は私の顔を見るなり、そう叫んで電話を取った。

この日の私は会社で午前、午後それぞれ２時間ほどの会議の進行役だった。

私はこの午前の会議で滑舌の悪さを感じた。

そして午後の会議では言葉を発しようとして〝スッ〟と言葉が出て来なかった。もどかしかった。

会議終了後、議事のまとめを作ろうとしたが、なかなか文章にまとまらない。

18時の定時も過ぎて19時近くになり、あまりにもはかどらないので「一晩寝れば大丈夫だろう」と思い帰宅することにした。


会社から家まで1時間半ほどの距離。

電車は混雑していたが、乗るとすぐ目の前の席が空いた。

座ることが出来て〝ホッ〟とした時、顔面に違和感を覚える。

「あっ！」明らかに左顔面が落ちたのである。

突然の出来事に狼狽し、心拍数が上がったのが分かる。

いつもは途中で中距離列車に乗り換え、各駅停車の終点に向かうのだが、停車中に立ち上がり、乗降口に向かうことなど到底出来そうにない。

そんなに素早く動けそうにないのだった。

自分の身に起きた事の重大さは理解しているはずなのだが、駅員はおろか周囲の乗客に助けを求めることも出来ない。

動揺が思考を臆病にさせたのか？

いやそれよりも今自分の顔はどんなことになっているのだろう？

周囲に訝《いぶか》しがられないだろうかと、寧ろ顔を俯《うつむ》きかげんにさえしていた。

結局、どうせこのまま乗り続けても目的地は同じ終点、臆病で何もできない自分をそう納得させ、そのままこの電車に乗り続ける事にした。

終点では手摺りに掴まりながら、電車を乗り換える、体の動きは緩慢である。自宅最寄り駅まであと15分ほど。

駅からは少々覚束ない足取りだが、歩いて自宅へと向かった。

途中いろいろ危急を告げることも考えたが、不案内な場所では心細く、また自分自身がとても頼りなく怖かったのだった。

そしてとにかく家に帰らなくては、と思ったのだった。

だからなのか妻が一も二もなく救急に電話をした時には、救われた気分だった。

さて、そろそろ救急車が来る頃だろうか？

改めて鏡の中の自分を見てみると、電車の中で感じた衝撃ほどの変化はないように思えた。

妻が騒ぎ立てなければ「明日、病院に行けばいいや」程度に思ったかもしれない。

などと思いながら二階の自室に行き鞄を置いた。

まさか背広で救急車という訳にもいくまい、パジャマに着替えた。

更に入院となると何を用意すればいいのだろう、所在なく机の引き出しを開けたりしてみる。

遠くから救急車のサイレンの音が近づいて来た。

結局、何を持てばいいのか思い当たらず、背広から出した携帯などを鞄に入れ玄関に向かう。

鞄は妻に預けた。

救急車が家の前に止まった。

救急隊員が担架を抱えて妻が開けた玄関に入って来た。

隊員は玄関の椅子に座り込んでいる私に、容態、経過を聞きながら体温や血圧、血中酸素などを測定する。

私は電車で帰宅途中の19時15分頃、左顔面に脱落を感じたことを訴えた。

自分で救急車まで歩こうとすると諫《いさ》められ、担架に乗せられて救急車に運ばれた。

救急車内では搬送先を探す電話が繰り返されている。

何件目かの電話で受入先が決まり、車が動き始める。Ｓ病院へ。


病院では直ぐに救急隊員から状況を聞き取ると、手早く検査室へ。

ＣＴ検査、ＭＲＩ検査、レントゲン検査などが行われ医師のいる処置室に戻る。

処置室では医師が画像を見ているそばに運ばれ、身体には心電図などが取り付けられる。

医師が看護師に何か指示している。

やがて点滴など一通り処置が終わると、医師により診断結果が伝えられた。

「脳幹に梗塞が見られます。詳しくは経過を見て来週月曜、ご本人、ご家族にお話しします」

付き添って来た妻に伝えられる。それを聞いて妻は自宅に引き揚げた。

どうやらこの病気、頭にメスを入れられることはなさそうである。

しかし脳梗塞なのだろうが脳幹ってなんだろう？　右梗塞とか左梗塞とか言わないのだろうか？

この時は、その意味もよく分からず聞き流したのだった。


処置室で1時間ほどの経過観察が終わり、病室に移された。

もう時間は零時を過ぎていた。

病室では看護師から入院中の規則や病歴などの確認や告知があった。

私は胃瘻《いろう》や終末医療については望まないこと、等を告げた。


終わって我慢していた小用に行く。

看護師が付き添って来てくれたが、点滴棒を持ってひとりで歩いても問題なく、手足も従来通り動くし、記憶も欠落しているようには思えなかった。

何事もなくトイレを済ませ眠りに就いた。


翌朝、起きてすぐ身体に異常、違和感がないか自分の感覚に問いかける。顔面に若干の歪《ゆが》みは感じるものの、他には何も異常のない事を確認した。

これなら治療に2~3週間もあれば退院は出来るだろう、などと勝手に思った。

朝9時前、会社に電話、入院の経緯《いきさつ》を伝えた。

この時点でも手足に麻痺はない。記憶の欠落もないように思えた。

ただ、話す時、唇の端から多少空気が漏れる。2〜3週間で復帰可能だろう、と伝える。

昼また、電話を入れ、役員に同様のことを伝えた。


しかし、この日の夕方、異変が……。

ベッドに腰掛け寛いでいると、〝スゥーッ〟と左腕から力が脱《ぬ》けて真っ直ぐに伸ばせない、ダラリとなった腕に力が入らないし、腕が重くて思うように上がらない。

左足も芯を失ったように徐々に力が入らなくなり、足そのものの実体が体から消えてなくなって行く。

これは麻痺！　見る間に麻痺が広がっていく。初めてナースコールを押した。

どうして？　ちょっと前には点滴棒を自分で持ち、トイレにも問題なく歩いて行けたのに何故？

看護師が来て状況を話すと、直ぐに非常ボタンが押され血圧などが測られる。

周囲に慌ただしく看護師が集まり会話が交錯する。

ベッドのまま検査室に運ばれＣＴ、ＭＲＩなど昨夜と同様の検査が行われた。

それが終わって病室に戻るのか、と思っているとベッドは別の部屋へ。

ナースステーションに一番近い病室に運ばれた。

せわしなく頻繁に看護師が出入りする。

周囲は手足を拘束されたり、管をたくさん繋がれたりしている患者ばかりだ。

どうやらこの部屋は、重篤患者に割り当てられた病室のようだと理解した。

自分もこの仲間か。医師の説明は？　不安の中で怯える患者への説明など何もなかった。

麻痺はまだ進行し続けているのだろうか？　不安は増幅され、どうなってしまうのだろう？　恐怖感が私を包み込んだ。


動揺の中で時間が進み、夕食が用意される。

何の経過も知らされず、顔すら見せない、医師にとって患者とはその程度の存在なのか。

とても食事に箸など出す気にもなれなかった。

気持ちの昂りが収まらなかった。

一体どうしてこうなったのか。

治療中にもかかわらず突然襲い、忽ち広がる麻痺に怯えながらも、いつの間にか寝入ってしまった。

尿意を覚えて目が覚めた。深夜になっていた。

さっきまでの事が急速に蘇って来た。

夢だったのならいいのだが？

夢であってくれ！　と願った。そっと手を動かしてみる。

夢じゃない、現実に起きたことなのは、すぐにわかった。

左手は毛布が重くて持ち上げられない。

右手を使って毛布を払い除け、足の位置に手を伸ばして触れてみる。

「あれっ？　足じゃない。何故こんなところに毛布が？　邪魔で足が動かないじゃないか！」

頭を持ち上げ、毛布と思ったところを見て驚く。

そこにあるのは自分の足、右手はしっかり左足に触れているのだが、左足に触られている感覚がない。

これが脳梗塞による麻痺という感覚なのか？

右手に触られた左足の感触は、幼い頃、泥遊びで付いて乾いた泥の上から触った感じだ。

しかし、泥遊びの泥は触ればポロポロと落ちるのに、これは張り付いて落ちない。

今、私の左足は泥を塗りつけた丸太が、ただそこに置かれているような無機質な存在だった。

麻痺が引き起こした結果に動揺は大きかったが、その時もう一つの切迫した感覚に襲われる。

差し迫った尿意だ。こんな時にも排泄の欲求は容赦なく襲ってくる。

慌ててナースコールを押す。何とも情けない欲求に、麻痺という現実を受け入れる間もない。

ツカツカと足音が近づき看護師が現れる、

「どうしました？」

予想もしなかった若い看護師の登場に狼狽する。何て言えばいいのだ。

60を超えたオッサンが、目の前の自分の娘より若い看護師に、

「オシッコ……」消え入りそうな声である。

「あっ、お小水ネ」と看護師、身を翻し、すぐにシビンを手に現れ、差し出す。

「……？」どうしたらよいかわからない。

すると、毛布を捲《めく》り、パジャマのズボンを下げ、下着も下げる。

そして、それを股間に当てがい、イチモツをポロリとシビンに、

「どうぞ」という目でこちらを見る。

……出ない！　あれほど尿意が迫っていたのに。

そんなに見られていては出る訳がない。

察したのか、私の右手を取り、シビンを押さえさせ、

「終わったら、ナースコールしてネ」と立ち去った。


どうしたらいいのだ、左手は麻痺している。

右手はシビン、どうやってナースコールのボタンを押す？

事が終わり、股間のシビンを腿で挟むようにし、ナースコールを押す。

来た、しかしバランスが悪くシビンから零《こぼ》れる。

看護師は冷静に状況を見て、もう一人介助を呼び、手際良く私の体を左右に転がしながらシーツを取り替える。

パジャマが脱がされ温水で洗浄までされ、着替えのパジャマを着せられる。

そして、履かされたのは紙オムツ。

排泄という行為がこんなにも大変なことだとは思いもしなかった。

こんなにも困難で、こんなにも恥じ入りながら行わなければならないなんて、現実を思

い知らされた。

何ひとつ自分で出来ないのだった。

シビンにしろ、オムツにしろ、そんなものがあることは知っていても、まさか自分が使うことになるなんて夢にも思っていなかった。

恥ずかしいよりも情けなく、それよりもそんな自分が口惜しく、そして悲しかった。

左手足が麻痺したことは現実に起きたことと、理解しているのだが、実際には左手足麻痺という事実をなかなか呑み込むことが出来なかった。

二日ほど経った午後、ナースコールで尿意を訴えた。

オムツは翌朝には外されていた。

しかし、たとえオムツをしていても、そこに排尿するなんてことは私には耐え難いことだった。

私にとって、排泄という行為に対して幼い頃から大きなトラウマがあった。

小学生の頃、学校のトイレは男女に分かれてなくて男児が個室を利用することは禁忌のように思われていた。そんな風潮の中で私は万事休して着衣を汚してしまったのだった。

どう振る舞えばいいのかも分からず泣き顔で呆然と立ち尽くす私を見た担任は、クラスの皆の目に触れないように私を早退させてくれたのだった。この時、これがクラスの皆に知られていたら、その後の私を左右し兼ねない事件となっていただろう。思い出したくもない遠い記憶の蓋がこじ開けられた。

オムツに排尿するということは幼い時の事件と同様に私には、「漏らす」ということに他ならなかった。忌まわしい記憶が甦った。

そんなことは、到底容認出来ないことであり、どうしても我慢ならない、考えられないことだった。

屈辱以外の何物でもなかったのだった。

この時、私の病気はまだそこまで逼迫《ひっぱく》していなかったし、まだそこまで他人の手を煩わせる訳にはいかなかった。

日中は介助により車椅子でトイレへ、夜勤帯は尿器が用意されていた。

この時も看護師の介助を受けながら車椅子でトイレに向かった。

便座に座るのを確認すると、看護師は「済んだらナースコールをお願いね」と立ち去った。

用事を済ませ下着とパジャマを上げるため腰を上げようとした時、便座から滑り落ちてしまった。

大した事はないと立ち上がろうとしたが、麻痺した体は思いのほか重く立ち上がれない。ナースコールを、と思ったが嗜《たしな》みに下着ぐらいちゃんと履かなければ。恥の上塗りは避けなければいけない。拘《こだわ》りが強かった。

簡単だと思ったが、予想外に重い体は、これまた予想外に自由が利かなくて思うように動けない。

予想外に手間取ったが何とか履いた、だが、やはりどうしても立てない。

麻痺した体は、ただの物体その物の重さになってしまうのだった。

ナースコールの位置も遠くなってしまった。

焦りながら、もがきながら何とかナースコールを押した。


トイレには患者が倒れている。大騒ぎになってしまった。

「ただ滑って便座から落ちただけだ」と言っても、

「動いちゃ駄目!」と看護師、介護士数人で車椅子に乗せられベッドに運ばれた。

血圧や脈を取られてから聞かれた。

「便座脇の安全バーは自分で上げたの？」

その質問にハッとした。

この時、トイレまで介助してくれた看護師は安全バーを下ろさなかった。

面倒なことになるのは明らかだった。

私自身、簡単に立ち上がろうとして転んだのは事実だし、本来、立ち上がる前にナースコールを押すのが規則なのも知っていた。

面倒なので、「バーが下りてなかったのか、自分で上げたのか覚えていない」

「介助が誰だったかなんて分からない」曖昧《あいまい》に答えた。

騒ぎはこんな形で終わったが、私にとっては転ぶなんて受け入れ難い事だった。


脳梗塞になってしまった事は理解している。

左半身が麻痺したという事実も十分理解している。

しかし、頭では理解しても、体が受け入れるのには、まだまだ時間が必要なのかもしれなかった。

知ってはいても体は一連の流れで実に自然に、動いてしまうのだった。

頭と体はまだ一致していなかった。

年寄りの運転免許返納が進まないのは、こんな事が大きな原因なのでは、と思った。いつかは運転免許を返納しなければと理解していても、自分がいつ返納しなければいけない領域に立ち入ったかなんて分からないし、理解したくない。麻痺のように明確な事実を突きつけられても、体は勝手に動けるものと反応してしまうのだから、とても難しい判断だと思う。

つまり私自身は障がい者の領域に立ち入ったことを理解していても、日常動作の中では、まだ体まで理解が浸透していないのだった。従来出来ていたことは従来通り自然の流れで体が動いてしまう、危険極まりないことだった。

数日後、点滴が外れて直ぐ、私はベッドの柵に掴まりストレッチを試みた。痛烈に転倒した。まだ理解すらしていなかった。

看護師に見つからないうちに、這いつくばってベッドに急いで戻った。
誰にも言えなかった。黙っているより他になかった。
ただ、脳幹梗塞の悪化は、これに留まらなかった……。

2 兆候

兆候？　それは山ほどあった。

しかし、それは脳梗塞になって初めて、あれがそうだったのか、と思うもので発症前、そんな事は気にも留めなかった。

それほど私は健康に無頓着であったし、無防備でもあった。

そもそも私は脳梗塞の遠因となった糖尿病で、入院指導を過去に受けたことがあったのだった。

むしろ、その経験が油断を招いたのだった。

1999年6月21日月曜日だった、こんな事があった。

朝起きると体中の体液が澱んでいる感じがして、どうしようもなく体が重く怠《だる》かった。

体温計を挟んだが、熱があるわけでもなかった。

しかし、異常であることは、私でも自覚出来る事だった。


この日、私は仕事を休み病院に行くことにした。


私は病院が、そこにいる医師も含めて大嫌いだったが、こうなると頼らざるを得なかった。

受付で何科を受診すべきか尋ねると、取り敢えず内科に回された。

総合病院というのは初めて受診する者にとって、とにかく何をするにしても分かりにくい仕組みになっている。

病気で訪れた人の不安をいっそう増幅するように誘導している。

診察の順番が来て診察室に案内され、医師に自覚症状を伝えた。

すぐに、尿検査、血液検査を看護師に指示し、採血、採尿が行われた。

再び診察室に戻ると、医師にこう告げられた。

「尿蛋白が出ていますね。血糖値、ＨｂＡ１ｃも異常に高いです。入院しましょう」

「えっ、入院！　いつですか？」

「今日、今から入院しましょう」

「先生、そんなの無理です。仕事だってあるし！」

「仕事と命、どちらが大切ですか、明日になれば今空いているベッドも埋まってしまいますよ」

出た、医者の決まり文句！「……！」

「それとご家族を呼んでください。来られるのは奥さんですか？　すぐに来ることが出来ますか？」

「そんなに悪いのですか？」

「説明はご一緒にしますから、同席出来るといいのですが」

私は医師のこんな態度が胡散臭く大嫌いなのだった。

「いいから私の言う通りにしろ」という患者を支配下に置こうとする傲慢な姿勢が嫌いだった。

そんな会話の後、妻が来るまでの間、エコー、レントゲンなどの検査を受け、何故、と訝しく思いながらも眼科も受診した。

妻が来たところで、二人一緒に診察室に入り説明を聞いた。

医師は「かなり重い糖尿病です」と言った。

続けて「末梢神経の麻痺も見られます。このまま放っておくと、手足の壊疽《えそ》や失明が心配されます」

また、こうも言った。

「今回の入院治療は、血糖値の改善と生活習慣の改善が目的となります」

「奥様には、食事療法やカロリー計算などの研修ビデオを一緒に見ていただきたい」

「研修の予定表を渡しますから、よく聞いて役立てて下さい」

「ご自分の体なのですからね」否やを挟む余地はなかった。

こうして始まったこの入院生活に医師は、

「1日の摂取カロリーは1600㎉以内」

「毎日病院周辺を、2キロ程度のウォーキング。外出許可は何枚でも出す」

「毎日2リットルは水分を摂ること。但し、お茶とか水、ノンカロリーの飲料」と言った。

私と妻は、食事制限やカロリー計算の事、壊疽《えそ》、眼底出血《がんていしゅっけつ》などのビデオを見て研修を受けた。

治療は血糖値のコントロールが主だった。血糖降下剤の服薬、慎重に毎回血糖値を計測しながらであった。

低血糖についての説明、指導もあった。

私は、医師の指導を苦々しく思いながらも、1日でも早く仕事に復帰しなくては、という思いが強かったので真面目に指導に取り組んだ。

散歩は、始め1キロも歩かないうちに息が上がり苦しかったのが、10日も続けると往復3キロほどの公園までさほど苦しくなく歩けるようになった。

雨の日は、病院の階段やロビーを何回もグルグルと朝晩歩いた。

それぐらい歩くと1日2リットルの水もそんなに無理なく飲めた。

2週間後の退院時には体重が5キロ減り、血糖値も正常値に近づき降下剤の量も僅かになった。

退院後も水分摂取、ウォーキングは怠らなかった。

もちろん、毎食のカロリー制限もきちんと守った。

嫌いな病院にも2週間おきに通った。

10月には体重は更に13キロ減り、血糖降下剤の服用もなくなっていた。


しかし、この10月に行った検査で眼底出血が見つかった。

今度はレーザー治療が始まった。

治療は、眼底の出血箇所をレーザーで焼くもので、週1回の治療を1カ月に4回。

両方の目で、およそ2カ月かかった。


レーザー照射は眼球をボルトのようなもので固定し、顎《あご》を台の上に載せ、レーザーガンの前に座って両手で顔の脇のバーを握り、頭はベルトで固定された状態で行われた。

視界には真っ白な背景の中心に赤い点がポツンと見えるだけ。

その赤い点からレーザーが照射される。

シューティングゲームだと弾は顔の左右に抜けて行くのだが、これは命中する。

赤い点が飛んできて当たった瞬間〝ズン〟と重い衝撃に押されるような感覚が起きる。

〝カチッ、カチッ〟っと軽い音が放たれる。

1回の治療で100～200繰り返し照射される。

照射が終わると、バーを握っていた手はじっとり汗ばみ、体全体が重りを付けたように重かった。

いずれにしろ手術は無事に終わったが、明るいところから暗いところ、暗いところから明るいところへ急に移動すると焦点が合うまでに数秒かかるようになった。

車でトンネルに入る時、トンネルから出る瞬間などがそうだった。

この教育的入院までの経緯《いきさつ》で、私が感じた前兆らしきものは体の怠さ、喉の渇き、頻尿、尿の泡立ち、こむら返りなどで、末梢神経の麻痺などは実感として感じていなかった。

それが、この10月頃になると足先にピリピリとした痺れを感じるようになった。

正座をして正座を解いた後に起きるあの痺れと似たようなものである。

足の指先から線香花火の火花が絶えず出ている感じがした。

どうやら麻痺というやつは進行している時には静かに進み、回復過程で騒ぎ立てるもののようだ。

さて、こうして体調を戻した私は、数年間、規則正しく日常を過ごしていたが、仕事で異動があったりして忙しくなると通院も疎かになってしまった。

出張なども加わり、生活も乱れがちになっていった。

次第に病院からも遠ざかり気にはなったが、数カ月に一度しか病院に行かなくなった。

その都度、生活習慣の改善を促されたが、その都度、注意に従い運動量を増やすなどして体調を保つ努力をし、かつ、体調を保っていた。

しかしその事が「自分はいつでも体調を取り戻せる」「自分で体調コントロールぐらい出来る」という傲慢で過剰な自信となり、病院からどんどん遠ざかる原因となった。

そんな訳で脳梗塞の発症へとどんどん突き進んで行った。


妻は、こんな私を見ていて、健康診断を受けるようにと再三うるさく言った。

私は私で健康診断なんて受けるから病気と言われるのだ。

行かなければ病気になんかならない、などと嘯《うそぶ》いていた。

だから妻は、私が頬を脱落させて帰った時、すぐに受話器を手に取ったのだろう。

こんな根拠のない過信があっての脳梗塞の発症だが、兆候は、後の祭りだがたくさんあった。

救急車で運ばれる前、数カ月の間の顕著な兆候だけでも幾つもあった。

通勤途中、電車で長く座って立ち上がろうとする時、手摺りなどに掴まらないと立てない。

電車を降りてすぐ大きく足を踏み出せない（歩幅が小さくヨチヨチ歩きになる）。

エスカレーターを降りる時、スムーズに足が出ない。

歩幅が小さく、歩行速度が遅くなる。

仕事中に突然急激な睡魔に襲われ頭が落ちる、それは居眠りとは違い急激に襲って来るのだった。

「キクチ」という発音がスムーズに出来ない。

一度、躓《つまず》いて足を送れず、手も出せず、べったりと転び顔面を打ち、病院で治療したこともあった。

腰の上げ下ろしが辛い。長く屈み続けることが難しい。

血糖値が高くなり、暴れているような気がした。

しかし、この時の不安は、糖尿病による眼底出血や手足の壊疽《えそ》、末梢神経麻痺等への恐怖心であり、まさか脳梗塞の予兆などとは考えもしなかった。

私の教育研修での記憶に〝脳梗塞〟というキーワードはインプットされてなかった。

もちろん、自分自身、もういい加減に病院に行かなくてはまずい、と思っていた。

でもそれは、3月末の決算が終わり、4月半ば過ぎ、ゴールデンウイーク前が最も都合が良い、と考えていた。

その時が最も仕事への影響が少なく、「入院」と言われても祝日になだれ込み、会社を休む日数が少なくて済む、だからそう考えていた。

実際にはその1カ月前に病院に運ばれてしまうのだが。

16年前の入院の経験から病院に行けば、おそらく入院。仕事への影響を考えれば、この時期しかない。そんな思いが受診時機を逃してしまった。

病気は待ってはくれなかった。

私の都合など考えてはくれなかった。

まさに、医者の決め台詞、
『命が大切なのですか？　仕事が大切なのですか？』
を裏付ける結果になってしまった。

3　闘病

入院して1週間、２０１５年3月22日、日曜日の昼過ぎ。

看護師の押す車椅子に乗り病室のベッドへ戻ろうと部屋に入った時だった。

突然、『バチーン』という破裂音が聞こえたかと思うと、目の前の光が大きく弾けた。

その光は再び集まり、大きな塊となって私を目がけて襲ってきた。

凄まじい勢いで私を襲った光に、私は大きく仰け反り、車椅子の上の私の体はだらりと崩れた。

意識が遠ざかった。

水中を浮遊するような感覚の中に数時間とも数日間とも、長い時間を過ごしていたような気がした。

実際にはベッドに運ばれるまでの、ほんの数分の出来事だった。

ベッドの周りを看護師が取り囲み、目にライトを当て瞳孔を覗き込んでいた。


目を開いた瞬間、大量の光が飛び込み、吐き気が込み上げ、疼痛《とうつう》が広がった。

看護師が言う、左の瞳が左端に跳《と》んでいる。

複視《ふくし》の瞬間であった。

今まで出会ったこともない強い吐き気と、強烈な目眩《めまい》から逃れようと体を動かすと、
真っ白な空間に〝ストン〟と落ちた。

閉じた目の奥には霧状の黒いモヤモヤしたものが漂っている。

頭の芯にあるその黒いモヤモヤこそ疼痛の元のようだ。

そのぼんやりとした疼痛のモヤモヤは次第にハッキリとした大きな黒い塊となり、ギシギシと頭の中で膨張しようとする。

大きく膨れ上がった黒い塊に、頭蓋骨は悲鳴を上げた。

やがて腫れあがった頭は、大きな渦の中心となり体中に疼痛を撒き散らす。

そこら中に撒き散らされた疼痛は錯乱を助長する。

意識混濁《いしきこんだく》の中、首筋に虫が現れた。

3センチほどの大きさ、黄緑色のバッタだった。

そのバッタは私の首筋（梵の窪）にいて私を見ている。

皮膚にしっかりと足を食い込ませ、強靭な顎を使って皮膚を食い破り私の体液を吸っている。

バッタは体液を吸うと同時に、毒液を首筋の食い破った箇所に吐き付けている。

その複眼は私という獲物を睨むように〝ジッ〟と見ながら、食い破った傷口を更に広げようとする。

ひとしきり体液を吸うと、咬み破った傷口に薄い膜を吹き付け、巣作りを始めた。

この虫が疼痛を生む混濁の支配者か！

喉が引きつり、叫び声が出た。

瞬間、吐き気も目眩《めまい》もない、心地良い空間に戻った。

さっきまで頭の中で暴れていた疼痛も、胸の奥のザワつきもなくなり幻覚も消えた。

しかし、次の瞬間、また意識がザワつき始め、幻覚が支配する空間に戻る。混濁の空間は、こんな広がりを持って何度も何度も繰り返し襲って来た。意識混濁《いしきこんだく》は数日続いた。

果たして複視《ふくし》だけがこのような意識混濁《いしきこんだく》を引き起こしたのかどうか分からない。この数日間がこの入院生活の中で、一番辛く苦しい時間だった事は確かだ。

入院から8日目の3月23日月曜日、意識混濁《いしきこんだく》の中で医師から説明があった。妻と息子が聞いた。医師の説明はベッド脇で行われていた。

私は後に妻からよく説明を聞くことになる。

医師の説明は、次のような内容だったという。

「脳幹梗塞は麻痺や障害がどこに現れ、どこに影響を及ぼすのか予測がつかない」

「また、麻痺は徐々に広範囲に進行し1週間ほどは予断を許さない」

「特に脳幹梗塞は3人に1人、亡くなる病気である」

「今回発症した複視は、脳幹梗塞のひとつの症状で治るには慣れることしかない」

「なるべく早くリハビリを始める事を勧める。早ければ早いほど麻痺の回復が早くなる」

「落ち着いたらすぐにでも回復期病院への転院を勧める」

「相談員を寄越すので詳細について何でも聞いて欲しい」

以上のような事だった。


この時、妻は、せめて車椅子で生活出来るくらいにはなって欲しい、と思ったそうだ。

そして、最悪の場合、喪主は息子と決めたそうだ。


混濁が続いたのは3日ほどだった、という。

飲まず食わずの3日間は点滴だけで過ごした。

さて、意識混濁《いしきこんだく》は抜け出たものの、複視による嘔吐感《おうとかん》や疼痛《とうつう》はなかなか去る気配がなく続いた。

とにかく目を開けていると空間が回り出す。

思い立って妻に眼帯を買ってきてもらい、左目を眼帯で塞ぐと、大分楽になった。揺らめいていた空間は穏やかに動きを留め、朦朧《もうろう》としていた頭の霧は晴れ、吐き気や疼痛はだいぶ遠ざかり楽になった。

この頃から、妻と息子は紹介を受けた病院の見学を開始していた。病院を3カ所ほど回って、目星をつけた病院の説明を聞いたが、私はリハビリの知識もないので二人に任せた。

妻と息子が決めたのはK病院、リハビリを年中無休365日、1日3時間やる病院だそうだ。

3月末、S病院から紹介状を出してもらいK病院に申し込んだ。

転院はベッドが空くまで待つ必要があった。

眼帯を付けて、吐き気や疼痛がだいぶ穏やかになった私は回復期病院に移るまでの間、S病院で初めてリハビリテーションを経験することになった。

リハビリは、理学療法士、作業療法士、言語聴覚療法士がそれぞれ週3〜4回、1回につき20分程度の施術を繰り返し行うものだった。

混濁を抜け出たばかりの私を理学療法士は、リハビリテーション室に誘導した。

とはいえ、ほとんど寝たきりだった私は、自身の体力の衰えに驚いた。抱き抱えられて車椅子に乗せてもらったが、麻痺などないはずの右足にも全然力が入らないのだ。

車椅子に乗り、動き出すとすぐ車酔いの症状が湧き上がり、嘔吐感が襲って来た。しかし、療法士は慣れるためと強引にリハビリテーション室まで往復した。この日は嘔吐感がそのまま去らず、それ以上には何も出来ずに終わった。

別の日、平行棒に両手で掴まりながら往復する歩行訓練をした。

作業療法士は、左腕の痙縮《けいしゅく》を緩和《かんわ》し、腕が柔らかに動くように腕や指の曲げ伸ばしを繰り返し行った。

言語聴覚療法士のリハビリは、専ら口籠《くちご》もり、はっきりしない発音を、矯正《きょうせい》することだった。

私が興味を持ちそうな分野の本などを抜粋し、口を大きく開き、大きな声で読む事を繰り返し行った。

こんなことで何となく〝リハビリテーション〟ということのイメージは分かったが、これが専門の病院となると全然イメージなど湧かなかった。まして、1年365日休みなく、1日3時間もやるリハビリテーションなんて、体育会系の合宿じゃあるまいし、想像など全く出来なかった。

K病院から入院案内が届いたのは、4月10日頃だった。転院日は4月20日月曜日に決まった。

150以上あるという病床が、いっぱいでなかなか空かないのだ、という。結構こういう病気を患うひとの多いことに気付かされる。

急性期を抜け出てリハビリが始まった頃、私の病室はナースステーションから離れた部屋に移った。

穏やかなある日、今までに見たこともないような笑顔で妻が面会に現れた。眼帯の効果もあり、吐き気や疼痛から解放されてベッドに寛いでいた私を、にこやかな笑顔で見下ろす。まるで看護師のように。

一体どうした、何があった？

得体の知れない恐怖心が私を包む。

「俺、何か悪いことをした？」「何かマズイものでも見つかった？」

迂闊《うかつ》に聞けない。藪蛇《やぶへび》になる。半笑いになった顔を、少し首を傾げながら妻に向ける。

怖い！　何が始まるのだ。

妻の口が開いた。

「意外と持っているのね」

「……？」「アッ‼」

ヘソクリが見つかったのか？　「あそこの鍵はどうした？」

「開いていたわよ。鍵が付いたままで、ぶら下がっていたわ」

しまった！　救急車で病院に運ばれる前、途方に暮れ、所在なく開けた机の引き出し、鍵を差し込んだままだったのか。

渾然一体とした頼りない記憶に笑うより仕方がなかった。

全然記憶にない。後の祭りだった。

4　リハビリテーション(1)

２０１５年４月20日月曜日、回復期病院Ｋに転院。
３６５日、年中無休、リハビリテーション病院って、どんな病院だろう？
〝リハビリテーション〟って、どんなことをするのだろう？
この麻痺は、どうなるのだろう？　元に戻るのだろうか？
知らない事だらけでリハビリに対する不安は大きく、心配事も多かった。
予め《あらかじ》指定された10時30分、入院受付で紹介状を渡し、入院手続きを済ませた。
看護師の案内で、ＣＴ検査などを済ませ、病室に案内された。
そこで病室や病棟について利用説明などを聴いた。
Ｓ病院からは、当然、申し送り事項があったのだろう。
車椅子の乗降時、トイレ利用時は必ずナースコールをすること、と注意を受けた。

リハビリについては、

理学療法士（ＰＴ：Physical Therapist）
作業療法士（ＯＴ：Occupational Therapist）
言語聴覚療法士（ＳＴ：Speech Therapist）

それぞれの担当療法士が後で病室に来てくれるとの事だった。

病室で入院案内などを読んでいると、ほどなくして、最初のリハビリ担当者が現れた。

担当者は、ネームプレートを示しながらＳＴ（言語聴覚療法）担当であると自己紹介した。

発病の経緯や、仕事の内容のことなど話しながら、

「いくつか簡単な質問をしますから答えてくださいね、いいですか」

「今日は何月、何日、何曜日ですか？」

「ここはどこですか？」

「今から３つの言葉を言います。後からその言葉を尋ねますから、覚えておいて下さい

ね」

「100引く7はいくつですか？　そこからまた7を引くと？」

質問は次々と繰り出される。


答えながら、これって〝長谷川式〟！

母親を連れて〝もの忘れ外来〟に行った時、聞いた質問だ。

短期記憶、思考の確認。これからリハビリをどう進めるか。

脳梗塞による記憶障害の程度の確認だろう。

他にも知能テストのような質問、問題がたくさん続いた。


ＰＴ（理学療法）の担当者も午後になると現れ、同様に挨拶を交わした。

その後、車椅子に乗せられＰＴのリハビリ室に行く。施術台に横になる。

担当も施術台に上り、足首、ふくらはぎ、膝、太腿の順に、左足麻痺を確認するように動かし始める。

治療の手に徐々に力が加わってくる。

刺激はマッサージのような、揉みほぐしとは違っていた。

麻痺に覆われて感覚の鈍った左足の芯に、直接刺激を送るような感じだ。

無機質で無感覚な存在だった左足に、血が通り体温を感じるような気がした。

刺激がとても気持ち良い。

「さあ、起きましょうか」

突然声を掛けられ、壁にある時計を見ると所定の時間になるところだった。

心地良さに少々寝てしまったようである。

慌てて車椅子に乗せてもらい、部屋に戻った。


病室のベッドで寝ていると、ＯＴ（作業療法）担当者が部屋に来た。

ＯＴのリハビリは病室で行った。

私をベッドに仰向けに寝かせて、ベッド脇に腰かけて触診を始める。

肩から腕、手首や指、促されて曲げたり伸ばしたり、力を入れたり抜いたりを繰り返す。

胸、肋骨の辺りを、骨が軋むほど強く圧される。

うつ伏せになり、今度は肩甲骨辺りにも強く痛いほど刺激を加えてくる。

これも麻痺の度合いを確かめるためだろうか。

歪《ゆが》みでも治しているのか、整体みたいだ。しかし結構痛いものだった。

治療を受けてみると、筋力が低下していることや運動領域が狭まっていることに気付かされる。

治療が終わって、腕の痙縮《けいしゅく》が少し治まり柔らかになったような気がした。

しかし、戻ったような気がした体温も、柔らかくなったような気がした腕も1時間もすると、その感覚は元に戻った。

病院の看板通り、リハビリは毎日続いた。

1単位20分、1日9単位3時間のリハビリは、ST2単位、PTはOTが3単位の時は4単位、OTが4単位の時は3単位が割り付けられた。

一通りリハビリを受けて、自分なりの目標を定めた。

目標は、仕事への復帰。仕事はIT企業の企画業務、凡《おおよ》そ1日8時間のデスクワークが主。

背広にネクタイを締め、毎日片道1時間30分、往復3時間の通勤が出来る事。

受話器を耳元で保持し、口籠もらず明瞭に「キクチ」と言えるようになること。

目標は3人の担当者にも話し、共有した。

ベッドから車椅子への移動も、車椅子からベッドへの移動も、毎回ナースコールをしなければならないのは、分かっていても、とても煩わしく、面倒な事だった。

毎日続くリハビリになかなか目に見えるような成果を感じられず、少々腐っていた頃、会社の仲間が面会に来てくれた。

彼らは車椅子の私を病棟から連れ出し、1階の受付近くの待合室まで行くと、鞄から何か取り出した。

そして、「菊池さん、いいもの持ってきました、キンキンに冷えていますからグッとやって下さい！」

「僕ら、壁になって隠しますから大丈夫です！」

私の好きな銘柄のビールを差し出す。「馬鹿野郎！　俺が何で入院したのか分かってんのか！」

「まあ、いいじゃないですか。ツマミも用意して来ましたよ！」

笑うしかなかった。彼らの精一杯の励ましだった。

リハビリは毎日続いた。

力が強く加わるごとに、左足の皮膚感覚を阻害していたあの乾いた泥に亀裂が入り、ひび割れていくような感覚を覚える。

カサカサで触っても体温を感じなかった左足に体温が戻ったような気がしてくる。

しかし、施術が終わってどれほどの時間も経たないうちに体温は消え皮膚感覚は元に戻る。


同じように、毎日リハビリは繰り返される。

続けていると、左足の泥の表面にビリビリと細い亀裂が縦に何本も入り、麻痺して無反応だった幾筋もの神経組織がつま先に向かって反応した。

確かに反応した。手応えを感じる。翌日も繰り返す。

何百、何千もの麻痺した神経組織が療法士の施術によって反応する。

しかし、一晩寝て翌日になると、静かになる。

でも、気がついた。

一度活性化した神経組織の何本かは、寝ている間に少しずつ効果を覚えて、それが定着する。

リハビリは、意外に疲労が大きく、寝ることは重要なことであり、回復には必要なことだった。

そして、その寝ている間に効果は少しずつ定着した。

施術の効果は、嬉しさと落胆が交差する中、あちこちで起こった。

腕の収縮、すぐそこにある物に手が伸びない。

掴もうとして掴めない。

手を伸ばそうとして伸びても、今度は掴めない。

手が重く腕を保持しようとして手が落ちてしまう。

腕が下がってしまい上がらない。

そこにある物がどうしても取れない。もどかしい。イライラする。結局叶わず諦める。

そんなことの繰り返しである。

徐々に、ひとつひとつの手の動きが、腕の重さが、肩の力が、連続した部分部分の動きが少しずつ繋がり、やっとそこにあるものに手が届く。

しかし、もう一度、と思うと続かない。

掴めない、指先がいうことをきかない。

力が入らない。指先、手指のリハビリに集中する。

何とももどかしい。手が返らない、何日か、どのくらい何を施したか、やがて掴む。

今度はそれを引き寄せられない。

ひとつが出来ても、その先に困難が立ち塞がる。

物事がこんなこととは理解しつつも、目指すところの遠さに切なさを感じる。

ある日、目覚めて、昨日まで出来なかった事が、何気ない動きの中で、突然出来て驚く。

ひとつひとつの小さな動きの集まりが意味を持って、身体に定着したようだ。

少しずつ、少しずつしか成果らしい実感が得られない。


しかしそんな事を言っても、薄かった法令線が、ハッキリと顔に復活し、話すたび左端から漏れていた空気が漏れなくなっていた。

左足の表面を覆ってひび割れても崩れ落ちなかった泥壁がいつの間にか砕け落ち、皮膚の表面感覚は少し厚い皮革程度の感覚にまで戻っていた。

発症から2カ月、リハビリを開始してひと月近く経った5月15日。

車椅子の乗り降り、トイレの利用が見守りなし、「もう一人で大丈夫」と許可された。

翌々日の17日には、トイレの夜間利用も許可された。

初めての成果らしい成果だった。

この頃には、手放せなかった眼帯も必要がなくなっていた。


繰り返しリハビリを続けていると、何気ない日常の動作が、複雑な繋がりを持って動くのが理解でき、納得出来るような気がしてきた。

しかし、納得は出来るが、簡単に動くだろうと思っていたこの麻痺は、結構面倒なのでは、と不安が募る。

これには、納得出来ない。

複視から生まれたあの虫が奪った腕力や脚力、持久力の不足を何とかしなければ。


立てない、歩くことなどもちろん出来ない！

立とうとすれば、腰から崩れ落ちる。

いくらリハビリを繰り返しても腰に力が入らないのだった。

失うのには1週間もかからなかったのに、回復には何カ月、何年かかるのだろう。

麻痺ばかりか腕力や脚力、持久力まで奪った脳梗塞、私の身体は元に戻るのだろうか。

リハビリを続ければ続けるほどに不安は増した。

麻痺を上回る腕力、脚力が欲しい。

と言ってもこんなに体力のない身体に腕力、脚力を付けるにはどうすればいいのだろう？

自分自身の努力しかないのは分かるのだが。

五体満足であれば、腕立て伏せだって、屈伸やスクワットだって独りでも出来るのにどうすれば、そうだ、ＰＴ室にバイクがあった。

担当療法士に、リハビリの空いている時間にバイク漕ぎが出来ないか聞いてみた。

彼はいやな顔もせず、時間外に30分程度バイク漕ぎを指導してくれた。

また、ベッドでの腹筋や柔軟の方法も教えてくれ、私が、もどかしく思っていた不安の払拭に力を貸してくれた。


彼らは時間外にも、先輩や同僚まで巻き込んで治療に力を入れてくれた。

5月25日、車椅子でのエレベーター利用が許可され、１階のバイクまで、担当者の送り迎えなしで、一人で行けるようになった。
これでリハビリの時間外でも、遠慮なく脚力強化が出来る。
5月28日、リハビリの歩行練習は歩行器を使って始まった。
益々脚力をつける手段が増えた。
私は身近な目標として、付き添いなしで歩行器が使えるようになること、と決めた。
独りで使えるようになれば、リハビリに弾みがつくだろうし、リハビリに加速がつく！

私の担当より、知識や臨床経験、技量に優れた療法士はいるだろうが、それよりもっと、3人のチーム力は優れていたし、私は、そんな3人の担当が気に入っていた。
そして、その相乗効果は私のリハビリに充分発揮されていることを実感していた。

最も肝心なのは、患者自身、私自身の回復への執着心だと思うが！

5　入院患者達

病院の朝は早い。

夜勤の看護師と介護士が次々と介助の必要な患者を起こして歩く。

夜勤明けの看護師、介護士は忙しい。

次々とトイレを急ぐ患者たちの介助は、少ない人数で大変な作業だ。

我先にトイレに車椅子で急ぎ、並ぶ姿はパレードにも見える。


今済んだばかりの患者がまた並ぶ。

「大山さん、終わったばかりでしょ、また並ぶの？」「少し我慢してみよう、ネッ」

ある者は病棟の外に出ようとする。

「中山さん、そっち危ないからこっちにいて！」

また、ある者は他の患者の部屋に入ろうとする。

「小山さん、そこ小山さんの部屋じゃないよ。小山さんの部屋はクマさんのお人形のところよ」

朝ご飯まだ？　お腹すいたよ。

「上山さん、朝ご飯はまだね、こっちに座って待っていようか」

お茶もらえないかね？

「下山さん、お茶は少し待ってね、ご飯の時、みんなと一緒にね」

実に忙しく騒がしい。もちろん、静かに過ごす患者もいるが。

早番が加わり朝食が終わるまで、この騒ぎは続く。


それが終わると食堂はコミュニケーションエリアにと変わり茶飲み話の始まりだ。

誰かが孫自慢を始めると、負けずとこちらでも始まる。

孫がいないものは、子供自慢、学歴自慢、仕事自慢、家族の自慢、果ては知人の自慢。

それも尽きると今度は、家族への不満、自分の身の上話を繰り返し、周囲が聞いていようがいまいが、何度でも繰り返し話は続く。

もちろん、このような人ばかりではない。

一部の人達ではあるが、私が入院して、この集団を初めて見たとき、社会保険を貪《むさぼ》るゾンビに見えた。

Y氏の不満

Y氏はそんな集団の一人だった。

70歳も後半のY氏の朝は早かった。

朝早くから話し相手を求めた。誰でもよかった。

相手の都合など関係なかった。そして話し始める。

自分がいかに真面目に努力してこれまで過ごして来たのかを。

苦学して大学を卒業したことを、一生懸命に働いたことを、そして子を育て、家を建てたことを。

両親を大切に、最期も看取ったことなどを。

「何から何まで、自分ひとりで家族みんなを養って来た。なのに、みんな誰も見舞いにも来ない」

「俺を家に連れて帰らないで、こんな施設に入れやがって！」

（Y氏は回復期病院の意味が理解出来ていなかった。急性期病院の後、息子によって介護施設に入られた、と思っていた）

「たまに来たかと思えば相続の話ばっかり、俺をいつ連れて帰るのだ」

だから、不満は大きかった。

それは家族だけに向けられるのではなく、看護師、療法士にも向けられた。

もちろん他の入院患者にも及んだ。

たまたま朝食前の食堂で捕まり、朝食に救われるまでY氏の話を聞く羽目になってしまったひと。

可哀想なのはリクライニング車椅子のひと。自走できないので逃れられない。

そんな人たちに食事とリハビリ以外の時間、わが身の不幸を訴え続けた。

結局、Y氏は入院期間満了でバルーンカテーテル、オムツを着けたまま退院日を迎えた。

息子達は病院の相談員やケアマネージャーの意見を参考に介護施設を用意していた。

U女史の幸せ

U女史は入院生活を満喫していた。

退院をまもなくに控えたひとが、

「退院したらまず、何喰おうかな。ここの飯は、とにかく不味《まず》かったからな」

そんな声が聞こえて来ると、U女史は、

「不味《まず》いなんて、自分で用意する訳でもないのに、きちんと三食用意してくれるなんて有難いわ」

「それに美味しいわよ。片づけだってしなくていいんですもの」

「看護婦さんだって、優しいし、良くしてくれるわよ」

「お風呂もちゃんと入れてくれるし、トイレだって危なくないように、付いてきてくれるわ」

「昼間は、若いお兄さんやお姉さんが、毎日優しくお話しして下さるのよ」

「とっても、いいところよ、ここは。私は、ここにずっといたいわ」

80歳を過ぎて、ずっと一人暮らしを続けて来たのか、

「ここに来てから、毎週、嫁が会いに来てくれるの。たまに孫とも会えるし、家に居るときには半年に一度ぐらいしか会えなかったのよ」

まるで快適な老人ホームの暮らしを楽しんでいるようだった。

こんな人達ばかりではない。Ｈ氏は深刻にリハビリに取り組んでいた。

Ｈ氏の焦燥

Ｈ氏は若かった。

私は食事の時、Ｈ氏の向かい側の席だったが一見、どこが悪いのか分からなかった。

健常者と同じように歩いたし、階段も不自由なく使えた。

しかし、リハビリは誰よりも真剣だった。

食事やリハビリ以外の時間も欠かさず、手に刺激を与え続けていた。

私はＨ氏に率直に尋ねた。彼は右手足が麻痺しているのだという。

健常者にしか見えないが、というと、だから困っている、という。

急性期病院の医師も「麻痺がほとんど残らなくてラッキーだった」と言ったそうだった。

彼は、そのもう少しのところが、とても大きな問題なのだという。

僅かに残る麻痺の違和感が、Ｈ氏の仕事にはとても致命的なことなのだという。

掌《てのひら》に残った１㎜にも満たない、薄皮が張り付いたような麻痺が、邪魔で仕事にならない、と言った。

H氏の仕事は、経験で培われた、とても繊細で微妙な感触を捉える掌《てのひら》が命なのだという。

彼の指先や掌が捉える僅かな微妙な感覚が、H氏の創る製品の価値を生むのだという。掌の表面にヤスリでもかければ、すぐにも簡単に取れるような気がするのだが、と言っていた。

私などの仕事であれば、取り立てて気にせず過ごせるのだが、H氏にはそれが致命的なのだった。

リハビリにかけるH氏の取り組みは、鬼気迫るものがあった。

一言に麻痺と言っても、ひとそれぞれ、受け入れ方は全然違って来るのだった。

M氏は笑い飛ばしたが、これからの生活が、なかなか見通せない様子だった。

M氏の嘆き

M氏は60代半ば、脳幹梗塞で、麻痺は見かけ私と同程度くらいであった。

彼は一人、賃貸マンションで独身の身軽さを楽しんでいた。

リタイヤしたら、一人暮らしの気楽さでのんびり暮らすつもりだった、という。

しかし、一転脳幹梗塞で、入院中の身の回りのこと一切を、兄家族に頼るほかなくなってしまった。

リハビリを開始してすぐには、退院後のことも兄弟で話し合わなければならなくなった、という。

病院の相談員やケアマネージャーにも相談したそうだ。

退院後は介護施設へ入所、周囲の結論はそれしかなかった。

今の住まいが賃貸では手摺りなど、バリアフリー化は難しかった。

幸い定年後を楽しもうと、年金以外の貯えもあり、施設の入所に問題はなさそうだ、と言った。

大いに見込み違いだった、こんなはずじゃなかった、と笑った。

兄貴には、せめて金で迷惑をかけずに済んで良かったよ。

M氏はいつも私に発病前の楽しかったことを面白可笑しく話し、今度入ることになりそうな介護施設も満更でもないと、楽しそうに話したが、目は笑ってなかった。

リハビリも芳しくなく、力が入らないようだった。

Ｉ氏は、自分自身に対する、やり場のない憤りを処理しきれずに、周囲にまき散らしていた。

Ｉ氏の憤怒《ふんぬ》

Ｉ氏は40代半ば、無職だという。

仕事に嫌気がさし、荒れた毎日を過ごしている時、脳出血に襲われたという。

毎日、パチンコ三昧、酒浸りの生活だったという。

年金暮らしの母親と二人で暮らしているらしかった。

母親は、暑い日も雨が降っても、駅から２㎞の道を歩いて洗濯物を持ち、面会に通って来た。

そんな母親をＩ氏はいつも邪険《じゃけん》に扱い罵倒《ばとう》するのだった。彼は病院でも荒れていた。

歩けないことを理由に療法士に食って掛かった。

病室でも相部屋の患者とエアコンの設定温度などで絶えず揉めていた。

少しでも歩けるようになれば、すぐに退院すると息巻いた。

母親の諫《いさ》めなど聞くものではなかった。すぐ働くのだという。

退院後を考え、母親がケアマネージャーと来ると気に食わない。介護保険でベッドをどうしようか、と母親が言っても、そんなものは必要ないと言っていた。

結局、I氏は入院日数をだいぶ残して退院していった。

入院患者それぞれには、それぞれの事情が、リハビリに強く影響していることが垣間見《かいま み》えた。

長く入院していると、みんなが一律にリハビリをしている訳ではないということも分かった。

私はリハビリを受けていて何かが不足しているような気がしてならなかった。

それが何なのか分かったような気がした。

これまでの人生を中断して、リハビリと闘っているひとには、臨床心理士《りんしょうしんりし》などの心のケアもリハビリの一環として必要なのではと感じた。

私の場合

幸い私は穏やかにリハビリに専念できた。

最初私が恐れたのは、すぐにでも復帰出来ると思ったのにもかかわらず、その後、遅れて襲った左手足の麻痺や複視によって長くなりそうな入院に、心穏やかではなかった。

このまま社会からフェードアウトしてしまうのではないか、という不安だった。

私は今まで過ごして来た舞台で、果たしてやり残したことはなかったのか？

それをやり遂げることが出来る舞台にまた戻れるのか？

という焦りと不安が、混濁の中で、もうひとつの渦となって混迷を深めていたのである。

しかし、複視の混濁を抜け出た私をすぐに見舞った会社の上司は、療養中の身分を約束し、必要な事務手続きを同行した事務職から妻に伝えてくれた。とても有難かった。

私は、働き始めたら1カ月を超えるような長い休みを取ることなんて、リタイヤするまでないと思っていた。

それが、考えてもみなかった病に襲われ、思いもかけず、突然、休息を得た。

しかも高齢者と呼ばれる直前、言わば人生の踊り場とでもいうタイミングで、これまでの時間とこれからの時間を俯瞰《ふかん》して見ることが出来る、とても貴重な時間を得た。

これが10年前だったら、明日のことを考えるだけでも精一杯だったろうし、10年後だったら、「もう、どうでもいいや」と自棄的《じきてき》になったかもしれない。

私はこの踊り場で、今まで生きて来た時間を十分に反芻《はんすう》し、これから臨む時間に覚悟を持てたような気がした。

それは単なる休息ではなく、脳幹梗塞という病も含めて、私に意義深い経験をさせてくれ、知らなかった世界を見せてくれた。

脳幹梗塞を避けて通ることが出来れば、それに越したことはなかったのだろうが、決して罹病したことが悪いことばかりではないと思えた。

そして、私に取っては貴重な経験知となるだろうと思った。

6　リハビリテーション⑵

６月に入りリハビリは加速し始めた。

歩行器が移動手段となり、発症から４カ月が経ち、やっと具体的に歩く練習が開始出来た。

歩行器に掴まってとはいえ、立って歩くことは、周りが別世界に見え眩しかった。周囲が車椅子の時の目線とは異なり、景色がまるで違って見えた。

歩き始めの姿はへっぴり腰で、歩行器に掴まるというよりは寄り掛かり、前のめり気味の姿勢は危なっかしいものだった。

そんな時期、ＰＴ担当から療法士の講習会へ患者として出席の打診があった。興味深いものがあったので、二つ返事でＯＫした。

研修は6月18日から26日まで、ＰＴの時間を使って実施された。

担当ＰＴはアシスタントにまわった。

研修生はみんな若かった。研修は中堅を目指す程度の内容に思えた。

研修は私一人に研修生３人。

前のめり気味の私の姿勢を、手分けして補正し綺麗な立位を取らせようとする。

３人とも汗だくなのにも構わず、夢中になって正しい姿勢を維持させようと必死である。

講師から声が飛ぶ。

３人は声を掛け合うが、言葉の意味は私にはあまり分からなかった。

時間の経過も忘れ、懸命に治療に没頭している。

私が堪らず「休憩しよう」と言って、初めて時間の経過に気付くぐらいだった。

講師から患者の様子に目を配るように注意が出た。

研修期間中、私の睡眠はいつもより深かったし、よく眠れた。

研修も終わりに差し掛かった頃、立位の姿勢を必死に保っていると、後ろから現れた講

師が私の右手を取って、

「菊池さん、もう立てますよ」と唐突に言った。

そして、取った右手を肩の高さまでそっと持ち上げて離した。

動揺したが、姿勢は保たれている。

講師が再び言った。

もう一度私の右手を軽く持ち上げながら3mぐらい先の担当PTを指し、

「さあ、あそこまで歩きましょう！」

と右手を誘《いざな》うように目標に向けて送り出した。

騙されたように3m先の目標に足は繰り出され、何事もなかったように担当PTの手を握っていた。

「ほら、出来た。こっちに戻ってみましょう」

不安気味に足を講師の方に向け、指示されるまま講師の手に掴まっていた。

周りから拍手が起きた。

私は何をやったのか、何が出来たのか、あまりピンと来なかった。

ただ、私が驚いたのは、私の手を引いた講師にだった。

その体は明らかに熱を帯びていて、全身から熱を放出している。

まるで、漫画『ドラゴンボール』の〝スーパーサイヤ人〟！

そんな譬《たと》えしか、思い浮かばなかった。

初めてだった、こんな気を吐く人間に出会ったのは！

それは後ろから近づかれても分かるほどの熱量だった。

言い過ぎかもしれないが、野生のヒグマに抱《だ》き竦《すく》められたような感覚だった。

残念ながらヒグマに抱《だ》き竦《すく》められたことはないが——羆《ひぐま》の檻の前に立った時に感じた、獣の発散する強烈な怒気《どき》に気圧《けお》された感じ——それ以外でこんな経験はなかった。

身長１８３㎝の私よりずっと小柄なのに……。

この講師に、何の治療も指導を受けた訳でもないのに……。

丁度、私の体の仕組みが、その程度に仕上がって来ていたのかもしれない。

歩くことに対する私の執着心と、研修生たちの熱意の琴線《きんせん》が一致したところを見逃さなかった講師の見極《みきわ》めが歩くことに繋がったのだろうと思った。

みんながみんな感じるかどうか分からないが、確かにこういう人種がいるのだろう。

療法士も極めると皆なれる訳ではないだろうが、こんな奴は確かに実在するのだ。

それが分かっただけでも貴重な体験だった。


講習会ではスーパーサイヤ人のお陰で、歩くことが出来るようになることは確信出来たが、日常歩けるようになるまでには、まだ道半ばだった。

6月23日に、歩行器で院内移動が自由になると、とにかく、歩くことに専念した。

病院は病棟同士が繋がって、1辺50mの〝ロ〟の字形、1周200mあった。

私は、朝起きてから寝るまで、1日30周を目標に毎日歩いた。


運動効果は抜群であった。

リハビリの内容は、歩行器を使った歩行練習から杖を使用した歩行練習に変わった。

とにかく、毎日、食前食後、リハビリの前後も歩いた。30周が40周になっていた。

運動量が増えるとインシュリン注射の量がどんどん減り始めた。

そして、7月21日、遂にインシュリン投与はZEROとなった。

同じ日、救急病院に運ばれた時には二桁以上あったＨｂＡ１ｃは、５・８になっていた。ちなみに体重は、82kgから72kgまでになっていた。

がむしゃらに歩いたおかげで多少筋力や体力はついたが、歩く姿勢は滅茶苦茶《めちゃくちゃ》だった。バランスが悪く左右に大きく振られたし、左膝は棒のように突っ張り、右足をバネにして跳ね上げるような歩き方になっていた。

こうなると当然、歩くと膝の上側と膝の裏側にかなり痛みが伴った。

歩くのにも支障が出てきてしまったので、ＰＴの時間は姿勢を正しく保つことと、痛んだ膝のケアに費やした。

バランスの悪さは、手の動きにあった。歩く時に左手が振られてないことが主な原因だった。

気を付けて手を意識し過ぎると、足元への注意が疎かになる、補正はなかなか難しかった。

やがてリハビリは、退院後をイメージした内容に変わって来た。

歩行練習は、限界を攻めるように、毎日外の砂利道や悪路のコースを選んで歩いた。

室内の時は、階段を跳ねるように上り、障害物を素早く避けながら歩く練習を、また、床から素早く立ち上がったり、押し入れからの布団の出し入れ、重量物を運んだり、と日常動作を何度も繰り返し練習した。


さらに、通勤電車を想定し、ターミナル駅へ担当PTと往復した。

だいぶ自信をもって臨んだことだったが、乗車券を買って改札を通るところから躓《つまず》いた。杖を持ち乗車券を持って改札口を通るということは、両手を使わなくてはいけない。前後の人も気になる。バランスを崩しよろめき、担当PTを探して目が泳ぐ。改札機に縋《すが》りながら何とか通過するが、駅の外は私を知らない大勢の他人《ひと》がいた。

担当が寄り添って「流れに乗って歩きましょう」という。

「会社は駅からどれくらいですか？」

「あの銀行の看板あたりかな」

「じゃあ、あそこまで歩きましょう」

そもそも適当に引き返すものと思っていた私は「エッ！」少し焦った。

「流れに乗って歩きましょう。急がないと信号が赤になりますよ」

駅の階段、エスカレーター、エレベーター、一通りこなして病院に戻った。

病院の中の何と安心なことか！

明日も行こう、と言われたら尻込みしただろう。

病院内との違いが十分認識出来た、いい機会だった。

最も違ったのは緊張感、全然気を緩められないことだった。

周囲にいる人の動き、足元の路面のデコボコ、目標までの距離感、信号の間合い。

病院では気にも留めなかったことが山ほどあり、緊張感で疲労は限界近くにまで達していた。

お互いが障がい者と認識し合っている病院は温室だった。

私が自信を持ちつつあった歩行は、促成栽培されたモヤシのようなものだった。

ＯＴ担当と自宅訪問し、生活導線の安全を家族と確認し、退院後に必要な設備などを検討した。

結果、介護保険の認定後に取り付ける、手摺りの位置などを決めた。

やがて、手摺りを取り付けてもらうのだが、二つの業者の見積もりは倍も違っていた。

しかも使用する材料も工期もほとんど違わない。

見積もりの説明もさほど変わらない。違うのは金額だけだった。

本人負担は実費の1割とはいえ、介護保険に集《たか》る業者は多いと聞いていたが本当だった。

そういえば、実家に住む両親の家もトイレと風呂場には邪魔なほど手摺りが付いていた。

介護保険料が悪戯《いたずら》に上がるのも、こんな一面があるからかもしれなかった。


ST担当とは、復帰を目指して、発音や声量確認のために担当を前にプレゼンテーションを行った。


担当が窓を閉めたベランダに立ち、プレゼンテーションを繰り返した。

大声を出すことは、発音の矯正にも大いに役立った。

また、入院中にリリースされたWindows7も試させてもらった。


だいぶ自信がついたが、主治医から退院の話はなかなか聞けなかった。

私には、退院したい日があった。

踊り場に立ち、第二のステージのスタートを私の62歳の誕生日、8月25日にしたかったのだ。


仕事復帰の目途もついてきた、として主治医に退院を打診した。

OKが出た。あと10日に迫っていた。

最後のリハビリ訓練として、外泊訓練、自宅に1泊することにした。何事もなく、食事、入浴を済まし無事に過ぎたが、夜中に起き上がった時、ふらっと床柱に顔面を強打してしまった。

普通に立ち上がれると思ったのは油断だった。冷やして、翌朝を迎えたが、まだ腫れが目立った。情けない顔で病院に戻ると看護師に揶揄《やゆ》された。顔を俯《うつむ》き加減《かげん》にしても隠しきれるものではなかった。ご愛嬌で済んだが、退院後の生活引き締めには十分な薬だった。

退院の日を迎えた。

入院当初、退院間近い患者が杖も使わずスイスイ歩いているのを見て、私も退院の時はあのように歩けるようになれる、と漠然と思ったものだったが、入院中たくさんの退院していくひとを見ているうちに、それはなかなか難しいことだ、ということに気付かされた。私の発症から闘病の経過を知るひとは皆、あの脳幹梗塞から、よくぞここまで回復が出来たと、驚くのだった。

私の脳幹梗塞の症状は意外にも私が思っていたものより、ずっと重いものだったのだ。

しかし、妻や息子からすれば、杖1本で、家路に就くことが出来るなんてことは、上出来であった。


それに私はここでとても貴重な時間を過ごすことが出来た。

特に若い療法士達との濃密な時間は、有意義な経験であった。


退院を前に最初、年中無休、1日3時間のリハビリは相当に厳しいと尻込みしたものだが、意外と時間を持て余すことも多かった。

回復意欲の強い患者には、もっと早い体力回復を促し、体力強化を促進するためにも、ストレッチ器具などを回復度合いに合わせて自由に使えるプログラムなどがあれば、無駄な茶飲み話をせずに、もっと有意義な時間を過ごせたと思った。


また、残念ながら療法士の技量の差は歴然としていた。

患者には各担当療法士が付くが、療法士の勤務形態は4勤2休だった。

その2休の日はフォローに様々な療法士が付く。その技量は一定ではなかった。

リハビリの時間が消化試合をこなすように無駄に過ぎてしまい、残念に思うこともあった。

これを〝スーパーサイヤ人〟と同等に考えるにはどうしても納得性に欠けるものがあった。

7　マイノリティ

8月26日、退院の翌朝。

勇躍、妻とウォーキングに繰り出した。

脳梗塞を克服し杖に頼ってはいたが、清々しい朝だった。

しかし、それも一瞬のことだった。

家を出て50ｍも行かないうちに、左足が実にあっさり膝折れた。ストンと尻餅をついてしまった。

今まで練習中にも一度もなかったことだ。

立とうとしたが、妻の力ではどうにもならなかった。

障がい者は自力で自分の体重を足に載せられない、ということは起こそうとする妻に、ほとんど全体重がかかるということだった。

健常者には有り得ないことだし、分からないことだった。

結局、散歩で通りがかった人の手も借りて立たせてもらった。

逃げ帰るように家に戻った。

妻に盛んに言い訳をしたが、自分には言い訳できなかった。自信を失ってしまった。

気持ちを立て直そうとしたが、その日の午後から数日続いた雨で、機会を失ってしまった。

その数日で歩き方が分からなくなってしまった。

毎日5〜6㎞も歩いて積み上げた自信は、こんなにもあっさりと脆《もろ》く崩れ去った。

脳梗塞を経てリハビリで作り上げた身体は、たった一日何もしない日があっても、忽ち衰えてしまう脆い身体だった。恒久的な肉体ではないのだった。

落ち込んでばかりもいられなかった。気持ちをもう一度奮い起こし、K病院に行った。

退院前に、より歩行を安定させるために担当PTに相談していた装具の処方箋を貰うためだ。

そのPT担当の立ち会いで装具を作ってもらった。

また、退院してリハビリに困ったら、この人に相談してみたら、と聞いていたFに連絡した。

Fは頼りになる療法士だった。入院中に叶わなかった正確な歩行の指導を頼んだ。

この頃、入院中に申請していた介護保険が介護1と認定された。

妻は私にデイサービスに行くことを勧めた。

私のデイサービスへの概念は介護老人が集まり、お茶を飲み、チイチイパッパを歌い、塗り絵をしたり折り紙などを折って一日を過ごす場所だった。

否定的な私に、妻とケアマネージャーは、デイケアというリハビリもやっている施設もあるから、と試しに行くことを勧めた。

私は勧めに従い試しにデイケアに行ってみることにした。

しかし、デイケアは、茶飲み話や麻雀、将棋を楽しむひとがほとんどで期待外れだった。リハビリも方針が違うのか、回復を狙うというより、軽い体操の手伝いのようなものだった。

それも20分しかない〝なんちゃってリハビリ〟だった。

とは言え、こういった施設は介護を担う家族の負担を和らげる役割もあることは私も認識していた。

妻は留守中、私を独りで家に残し外出することに、いくら私が「大丈夫だ」と言っても心配は尽きないし、一緒に家にいても気が休まらない、ということはよく理解出来た。

水曜と土曜の週2回デイケアに通うことにした。

私はこのデイケアに行っている時間、施設の廊下を利用して歩くことに専念した。

退院後すぐ、会社に復帰しようと考えていたのは、間違いだったと、ここに至って初めて気づいた。

病気の前と同じように動けても、身体の中身は脳梗塞を患った肉体なのだった。

健常者にとっては、ちょっとした頭痛や発熱でも、今の私には相当のダメージになってしまう。

身体の反応が全く違うのだ。思ったように動けないし、疲労も大きいのだった。

大したことはない、と片付けられない重大な出来事、という認識を持たなければいけなかった。

障がい者手帳の申請のため、K病院に診断書の作成を依頼した。

麻痺測定の結果は、左手が殊の外悪く、障害1級と認定された。


退院初日の思わぬ出来事で、会社に顔を出すのは、9月も半ばを過ぎてしまっていた。

ラッシュを避け、9時過ぎに妻と会社を目指し、家を出た。

ひとりで行くことを主張したが、退院初日の無様さを見ては妻も承知しなかった。

11時頃会社に到着し、この日は挨拶程度で14時頃帰途に就いた。

出かけているときは気付かなかったが、家に着いて一息つくと、どっと疲れが襲って来た。

相当緊張していたのだろうか、ぐったりとしてソファーに座ると寝てしまった。

最初は、徐々に体を慣らそうと月曜と金曜の週2回の出社を約束したが、すぐに後悔した。

雨の日は、傘と杖で両手が塞《ふさ》がり、足元も滑ってとても危険なことがわかった。

また、強い風も足元がふらつき非常に危険だった。

週2回の出社は1回の出社がやっとだった。

私にとって通勤は、緊張の連続で、険しい山登りのようなものだった。

役員は辞任せざるを得なかった。

それでも完全復帰を目指し、家でもなるべく机を前に過ごし、好天の時は、少々風が強くても２㎞ほどの散歩は欠かさなかった。

デイケアのリハビリは期待外れだったが、Ｆのリハビリは効果を発揮した。欠点を適切に指摘してくれたし、次回までの指導も効果的なものだった。週1回の依頼を2回に増やしてもらった。

膝は、足を突っ張らずに、柔らかな動きが出来るようになってきたし、歩行時につま先が落ちることも装具のおかげもあり少なくなった。


いよいよ復帰に向け年末年始の行事にも参加し、夜道も目を凝らす必要はあったが、無難に歩くことが出来た。

4月には、完全復帰しよう。

コンディションはだいぶ整いつつあったし、通勤の体力には自信がついてきたが、通勤を阻む障害は山ほどあり、緊張感を保ち続けなければとても危険だった。

障がい者の呟き

駅とか公共施設などでのバリアフリーが叫ばれ出してだいぶ経つし、設備も目に付くようになってきたと思っていたが、そんなものは実に貧祖で、実に使いにくいものだった。

障がい者用トイレは使用中が多かったし、待っていて出てくるのは健常者が多かった。

こんな使い方をされるのなら、総《す》べて障がい者仕様にして障がい者として健常者と区別なく使わせて欲しいものだ、と思った。


歩道だってそうだった。

車道と比べて見て、どうしたって安普請《やすぶしん》だ。

狭い道幅にお座成りに無理やり造ったような歩道、どうやって車椅子が通るのだ、杖を突いてどうやって電信柱の向こうに行けるのだ。

そんな歩道があるかと思うと、一方、ガス水道工事の跡の補修の雑なこと。

健常者にとっては気にも留めないだろうが、杖を突く身には僅《わず》かな盛り上がりでも、少しのデコボコだからこそ躓《つまづ》き易《やす》いものだった。

点字ブロックでさえ、邪魔なひともいることを分かって欲しかった。

人家の駐車場から車道までの傾斜、斜め傾斜は杖を突いて歩く者にとってとても辛いものだ。

ひとがやっと擦《す》れ違《ちが》う程度の歩道も歩きにくいことこの上ない。

店舗の看板、商品の旗、停めてある自転車。

歩道を走る自転車は怖いし、歩きスマホはもっと怖い。

こちらが避けると思い込んでいるのか、ぶつかって来るのは若い女性の歩きスマホが一番多い。

歩行者で困るのが、追い越しざま前から来る人を避けるため、目の前に割り込む人。

急に目の前に入り込まれるのは恐怖だ。

横に並んで話しながら来るひとも、前をあまり見ていないので、向かってくるのが障がい者だという備えが薄くて困る。

立ち止まり歩道の端に寄って、通り過ぎるのを待つしかない。

電車のシルバーシートも当てにして乗ると悲しい目にあう。

どうやら席を譲りたくないひとには、障がい者が目に入らないようだ。

あらぬ方向に目を向けたり、突然睡魔に襲われたり大変そうだ。

年配のご婦人に多いタイプだ。さぞお疲れになっているのだろう。

大抵その場合、ちょっと横にズレれば、もう一人座れるのになあ、だった。

次の駅で降りるようなとき、早めに乗降口近くに行って、手摺りに掴まりたいのだが、このコーナーは居心地がいいらしく、ちょっと体をズラして欲しいところだが縄張りを譲ってくれるひとは実に少ない。

電車を降りようとする時、我先に乗り込もうとする人、乗り込もうとする時、寝ていたのか慌ててひとを掻き分けて降りようとする人、いずれも押し倒されそうになり、周囲の人達に支えられて助けられたことも一度ではなかった。

席を譲ってくれるのは、若い男性に多かった。


席を気軽に躊躇《ちゅうちょ》なく譲ってくれるのは、文化の違いか欧米人が気さくに譲ってくれた。

「どうぞ」「ありがとう」実に自然に席を変わる。何の躊躇《ためら》いもない。

一方、この国のひとは慣れていない。周囲の目を気にするようだ。

周囲の目は、余計なことをして、と呟く。

私も譲らなくちゃいけないじゃないの。こんな感じである。

道路のデコボコや障害物は避ければいい。

障がい者にとって一番の怖い障害物、恐ろしいのはひとだった。

備え付けられた駅のエレベーターにベビーカーを押す婦人や障がい者が並んでいても、それを押しのけて我先に乗る若者。

それだけならまだしも、それを置き去りにドアを閉める中年サラリーマン。

人間は悪気もなく不意に障がい者を襲う、避け切れない、とても恐ろしい最大の障害物だった。

街の中は障がい者には傍若無人《ぼうじゃくぶじん》の世界であった。


母親に連れられた幼い子が、障がい者に向かって指を指したりすると、大抵の母親は、「あっちを見ないで、こっちを向いてなさい！」と言って目まで隠す。

子供が「どうしてなの？」と聞くと「いいから黙って、静かにしていなさい！」と母親。

よく見かける光景である。

子供に障がい者を疎外して、区別する意識を芽生えさせる行為でしかない。

この国はソフト面で、バリアフリーという意識を持ち合わせていない。

手摺りを付け、点字ブロックを敷設したからと言って、バリアフリーとなんかいえない。

幼い時から、障がい者が身近にいて育てば、おそらく障がい者に対する気配りも育つだろう。

学校教育も教師や制度の都合だけでなく、障がい者と同じ教室で育てば、押し退けてまでエレベーターに乗る大人にはならないだろう。

そうなって初めてバリアフリーの社会といえると思うのだが。

障がい者となったばかりの私の嘆きの呟きである。

私は障害を持つ以前、職場にいる足に障害を持つひとを見ても、「歩くのが大変だな」としか見ていなかった。

しかし、自分が障害を持つ身になって「そうじゃない、総てが大変なんだ」と思った。

歩くのにも相当エネルギーが必要だが、ただ座っているだけでも健常者の時には感じたこともない疲労を感じた。

何をやっても、当たり前に動いているように見えて、実は健常者の数倍のエネルギーを消費する。

アイマスクを着け、重りを付けて高齢者体験などやっているが、やらないよりはましだが、実際にそばに寄り添って生活を送らないと分からないことは沢山あるのだった。

世の中には、私のような障がい者ばかりではないだろう。障がい者として健常者に対し、苛立ちを感じ様々なストレスを抱えるひとが大勢いるだろう。

それらのひとにとっての障害はまだまだたくさんあるに違いない。

また、田舎町と都会でも障害物の種類は違ってくるだろう。


こんなことがありました。あなたはどう思われますか？


ラッシュアワーの時間も過ぎて、ホームに下りる階段は誰も上ってくる人もいなかった。

私は右手の杖を左に抱え、右手で手摺りに掴まりながら階段を下り始めた。

途中の踊り場を過ぎた辺りに差し掛かった時、階段の下に着物姿のお元気そうなご婦人が現れ、階段を上り始めた。

私は往《ゆ》く手《て》に現れたご婦人に戸惑い立ち止まった。

そろそろ往《ゆ》く手《て》を空けてくれないか？

ご婦人は私が視界に入ったのか少し顔を上げ、私に言った「ここは左側通行よ」。

一瞬たじろいだ。仰る通りではあるが、私の左足には装具が付いていたし、杖も抱えているのは視野に入っていると思うのだが。

少しの間があったが、無駄だと知って、手摺りを持っていた右手を手摺りから離し、杖を左手から右手に持ち替え、右手で杖を突き、左に1メートルほど移動した。

それを待って、空いたスペースをご婦人は通り過ぎた。

私は右手の杖を使ってゆっくりと慎重に階段を下りた。

右にある手摺りは汚《きたな》らしく触りたくなかった。

第二章

ベッドから見えた景色

1　再　発

辺《あた》りは暗かった。入院して数日が経っていた。
生き埋めにでもなったのか、瓦礫《がれき》に埋もれでもしたかのようだ。
助けを呼びたくても声が出ない。息も苦しかった。
周りにひとの動く気配はするのだが、誰も私を気遣《きづか》うひとはいなかった。

◆全身麻痺

自分の肉体を自覚出来なかった。

両手両足の感覚が麻痺していると言うのではない。存在を感じることが出来ないのだった。

ベッドの上に両手、両足のない人間の体が転《ころ》がされている、そんな感覚だった。

息が苦しかった。小刻みに微《かす》かな呼吸が辛《かろ》うじて続いた。


全身麻痺とはこういうことなのか！

麻痺ということすら感じられない。完全に機能は停止していた。

手足の実感がない。麻痺と感ずる術《すべ》がない。実体がないのだった。

何も出来ない。時々、看護師が回って来て、床ずれ防止に体を左右に動かすだけの物だった。

それ以外はベッドカーテンの隙間《すきま》から覗き見て、通り過ぎるだけだった。

生かされている。酷《むご》い仕打ちだった。

◆不随意筋《ふずいいきん》

麻痺して体を実感出来なくても、痛みや苦しさは感じた。

それは全身麻痺となっても、生きるために残された機能なのだろうが、動けない寝たきりの私にとっては、苦痛でしかなかった。

声も出せない私には、巡回で通る介護士や看護師に、たとえ、どこか痛くても、苦しくても、何も伝えることが出来ないのだった。

麻痺していても、同じ姿勢でいると苦しくなる、寝返りは必要だった。

その寝返りをしたくとも、耐えるしか方法はなかった。

そんな時、突然起こるくしゃみは、救われる生理現象だった。

くしゃみで興《おこ》る不随意筋《ふずいいきん》の収縮は、私の唯一の不確実で無自覚な自発的動作だった。

突発的《とっぱつてき》に起きるこの現象は、体を大きく跳ね上げ無作為《むさくい》にベッドに置き直す。

ただその結果の姿勢が、望み通りにはならないのだが、看護師を呼ぶ力にはなった。

くしゃみに気付いた看護師がカーテンから覗いた時、もがいている様子くらいは表現できた。

しかし、くしゃみはそんなに都合よく出るものではなかった。

長く同じ姿勢を保っていると起きる筋肉の収縮も、不随意筋の生理的に必要な動きなのだろう。

足が長い時間、同じ状態にあると強張《こわば》って硬直し、伸びようとバネのように勢いよく跳ね上がる。

こういう現象もくしゃみなども、生存するための自然な反応なのだろう。

健常者が全力で押さえつけようとしても、とても押さえられるような瞬発力ではなかったが。

◆五感

それにしても、救急車で運ばれて、数日。

最初、麻痺は右を襲い徐々に左まで侵し、やがて全身を覆《おお》い尽《つ》くしあらゆる機能を停止に追いやった。

目は、見えるが、視野がだいぶ狭まっている。

臭いは、微かに感じ取れるが、病院独特の臭いがあるはずなのに、正確には感じ取れない。

聴覚は、異常なほど敏感に音を捉える。

味は、口に入るものが硬いか、柔らかいかが分かる程度、味など感じなかった。

口に入れられるものは、咀嚼《そしゃく》も嚥下《えんげ》もほとんど出来ない間に、ただ喉の奥へと通過した。

手など全く動かない。看護師がナースコールを握らせてくれても、握った感覚が全くない。

ナースコールを押すなんて無理な話だった。触った感覚がないのだった。

コミュニケーションを自分から求めることは、出来なかった。

何を話しかけても返事を返せない私に、話しかける妻の声は次第に大きくなった。

返事を返す手段もない私は、鋭敏《えいびん》に研《と》ぎ澄《す》まされた聴覚を持て余すしかない。

声を発しようとしても、みぞおちの辺りに留《とど》まった声はそれ以上、上がって来ないのだった。

発しようとした声は、腹の底に沈み、そこから声の音がひとつひとつ、ゴルフボールくらい大きさの水泡に包まれ、少しずつ少しずつ喉元に上がって来る。水泡は窮屈《きゅうくつ》な喉をどうにか抜け出て、やっと弾《はじ》けて一音になる。次の一音までには、また数十秒掛かってしまう。

話しかけた妻は、なかなか音を繋《つな》ぐことが出来なかった。業《ごう》を煮《に》やした妻は五十音表を作って私に見せた。指し棒を持った妻は虚しく俯《うつむ》いた。それを指さす私の腕も手も動かないのだった。

食事は胃瘻《いろう》も鼻からの注入も、なんとか避けられた。水分はトロミ剤2本分入れたゼリー状に近い飲料、食物は粥状のものを口に入れられた。どうやら酸素吸入《さんそきゅうにゅう》や痰《たん》の吸引がなくてもギリギリの線を何とか保てている状態だった。

◆導尿《どうにょう》、摘便《てきべん》

私は入院当初には、もうトイレにも行けない状態だった。看護師は尿器を用意した。でも、それは虚《むな》しいことだった。腹に力を入れて踏ん張っても排尿に至らないのだった。

麻痺はしっかりと体中に浸透し、遂に排泄に必要な力さえ奪ってしまっていた。下腹は膨《ふく》らみ膀胱も腫《は》れ上がり逃げ場を失った尿は激痛を呼び起こした。

悶絶した。悔しくて、情けなくて、悲しくて涙が止めどなく溢《あふ》れ出た。

看護師が現れ、そんな下腹を押す。何をする!!

出ない大声が喉を塞《ふさ》ぎ、喉元に迫った絶叫が出口を求めて体を大きく膨らます。絶叫を吐き出せない私は、溺れても水すら飲めない、極限に追い詰められた。膀胱は体の中で弾けたように飛び廻り、体を跳ね上げる。喉に詰まった大きな声の塊《かたまり》は、体を海老《えび》のように飛び跳ねさせる。

看護師は、そんな私に目もくれず、何食わぬ顔で尿道に管を通し排尿を促す。導尿《どうにょう》というらしい。

それが排尿のたび、何回か繰り返され、やがてバルーンカテーテルが取り付けられた。ベッド脇には流れ出る尿を受ける袋がぶら下げられた。

便の処理は数日に一度、看護師が浣腸を注入してから、指で穿《ほじく》り出す、摘便《てきべん》という処理がなされた。

私は排泄物が排出出来ないばかりでなく、声すら押し出すことが出来なくなっていた。

◆体交《たいこう》（体位交換《たいいこうかん》）

看護師、介護士は、床ずれ防止に数時間置きに私のベッドを訪れ、体の向きを変えた。腰の辺りに入れたクッションなどの位置を左右入れ替えに来るのだった。

一定時間ごとに現れる巡回の看護師や介護士は、体交《たいこう》用のクッションを外し、オムツの汚れを確認し、床ずれが起きてないか、綿密に観察してから、クッションをこれまでと反対側に楔《くさび》を打つように入れ替えた。

寝付いたと思うとすぐに起こされる。看護師は私の安眠より床ずれ防止を優先した。

私は〝もの〟だった。

細やかで丁寧な看護師、介護士がいるかと思えば乱暴な看護師、介護士もいた。

私は、痛みや苦しさを訴えることも出来ない、ただその辺に転がっている物だった。

麻痺は、痛みや苦しみはしっかりと残していた。

◆原因は？

何故だ、何故再発したのか、暗闇の病室で考え続けた。

初めて脳梗塞を発症して、周囲の入院患者に再発が多いのを目の当たりにして、細心の注意をして来たはずであった。

毎日の体温、血圧、血糖の測定に異常はなかった。

食事にも注意を怠らなかった、特に塩分や糖分の摂取には気を配っていた。

なのに何故なのか。思い当たることがなかった。

このままでは回復への意欲、生き続ける動機が見当たらなかった。


それだけを考え続けていた。

原因らしきことがひとつ、思い当たるとしたらあれか？

再発を自覚したのが月曜日、それがあったのは、３日前の金曜日だった。

その朝、危急に差し迫った便意に跳び起きた。

それは一日中、夕方まで続いた。食べても飲んでも続くような気がして、その日は飲食を控えた。

その日、一日のことだった。これが脳に脱水症状を引き起こしたというのか？

この日、一日だけのことで、翌日、翌々日は正常に何事もなく水分も十分に過ごしたのに。

何故に三日も前のことが、三日も経ってから脳梗塞を引き起こすなんてことがあるのか。

でも、それしか考えられなかった。

あの日、水分さえ摂っていれば、こんなことにはならなかったというのか。

薄暗い夜の病室は、医療機器の赤や青のLEDランプの不気味な光と、時々機器が放つ異様な電子音に満ち、寒々と寂寥感《せきりょうかん》さえ漂っていた。私の気持ちはささくれ立っていた。

周囲には鬼や夜叉が蠢《うごめ》いていた。

脳梗塞は、精神や感情を奪うことはしなかった。

精神や感情は、私の無念と憤りを際立《きわだ》たせ胸の内に咆哮《ほうこう》を響かせた。

私の記憶や思考は鮮明だった。それが恨めしかった。
私は生かされていた。それが無念であった。

2　主張する医師

1日目、医師はこう言った。

脳梗塞は所見出来ません。少し様子を診て、また来てください。

2日目、医師はこう言った。

この画像のどこを診ても脳梗塞は見当たりません。今週、様子を診て来週また来てください。

別に脳梗塞を論じに来ている訳ではなかった。

刻々と麻痺が進行し、目の前で徐々に動きが緩慢になる患者を相手に、「あなたの言う脳梗塞ではないので帰れ」と言うのだった。

脳梗塞の再発を感じたのは、2016年3月21日朝だった。

しかし、それを所見し認めたのは翌3月22日夕刻を過ぎていた。

発症を感じ最初に病院に搬送されてから、すでに33時間、やっと治療が開始されたのだった。

◆治療しない医師

２０１６年3月21日月曜日、午前9時過ぎ。

「これは脳梗塞では？」異変を感じた。

「馬鹿な！」前年に脳梗塞を患ってから、朝起きてすぐの時間は、体が重怠《おもだる》く、力が抜けることがあったので、またそれが起きたのか？　と思ったが、これは紛《まぎ》れもなく脳梗塞だった。

急いで救急に連絡した。この日は月曜日だが、春分の日の振替休日だった。

昨年の同時期の苦い経験から急いで処置しなければ、いち早く処置すれば症状は軽く済む。

今度は右に症状が出ていた。

救急隊員に症状を伝え、昨年も脳梗塞でS病院に搬送されたことを伝えると、まずS病院に受け入れ打診の連絡をしてくれた。

S病院に救急搬送された。

この日は休日ということもあり、救急受付は救急搬送患者以外にもインフルエンザ患者などで混雑していた。

CT検査、MRI検査などは、すぐに終えたが、診察は他の患者と一緒に待合室で待たされた。

それでも10時30分ほどには、順番が来て当番医の診察を受けた。

昨年のことも含めて症状を伝えた。

医師は難しい顔をこちらに向けて、

「画像のどこを見ても脳梗塞の症状は、見られません」と言った。

そんな馬鹿な、去年私を襲ったあの脳梗塞の症状が手を広げて迫って来ている。

しかし、この医師は患者の訴える病名の緊急性など気に留める様子もなく、「画像を見る限りその兆候を確認できない」と治療などしようともしない。

『早く処置を！　急いで治療を開始して！』処置が早ければ早いほど、後が楽になる！

脳梗塞を体験した者が、その同じ症状だと訴えている、何故その症状を診ようとしないのか？

『早くしてくれ！』遅れれば遅れるほど、後が大変になる！

面倒臭そうな顔をして、また画像確認して、私に示しながらやっぱり違う、という。

では一体この症状は？　この右手足の脱力は？　何故、触診もしない？

病名なんて、どうでもいい！　早くこの症状の治療を！　侵攻する麻痺を止めてくれ！


この脳外科が専門でもない当番医は、面倒な患者に当たってしまった、というような顔を私に向ける。

患者の深刻さなどには一片の配慮もない。

不思議なのは、患者の訴える右手足の病状を探るでもなく、治療を全くしようとしないことだ。

後に控える休日診療を待つ、大勢の患者を早く片づけたい風情であった。

思案気な顔をこちらに向け、「少しお待ちください、よく診てから、またお呼びします」。

診察室から、診察を待つ大勢のひとのいる待合室に出された。

次の患者が診察室に入る。何がよく診るだって！　一時逃れだ。

よく診るのだったら私を診察室の外に出して、すぐ次の患者を引き入れるなんて、しないだろう。

トイレなど済ませ、さらに待っていると、呼び出された。

「今、昨年菊池さんの担当医だった医師が他の用件ですが、病院に来るので診てもらいます」

「それまで、あと少しお待ちください」と言った。

もう12時近くになっていた。脳梗塞の発症を自覚してから3時間ほど経っている。

12時半過ぎになって、また呼ばれた。

先ほどの当番医が、「今、脳外科医に診てもらいましたが、やはり違うということです」。

脳外科医は見当たらない。「脳外科の先生はどうしたのですか」

「他の用件で来たので、もうお帰りになりました」

「どうして？　直接患者を診た訳でもないのに、もう帰ったって！」

「菊池さん、今日はお帰りになって、様子を診てまた来てください」

厄介払いか、麻痺に対する何の処置もなく、経過観察もない。

救急搬送された時より麻痺は広がっていた。

看護師に促され診察室から放り出された。見殺しだった。

唯々《ただただ》、途方に暮れるしかなかった。どうすれば……。

この医師も看護師も、患者になったことはあるのだろうか。

ここでこの患者を何の処置もせず帰すと、どうなるか？　などという想像力を持たないのだろうか？


救急受付の警備員はタクシーを呼んだ。

私を車椅子に乗せ、タクシー乗り場に誘導し、タクシーに乗せた。

13時30分を過ぎていた。

自宅前でタクシーを降りた。立つのがやっとで動けなかった。

妻の肩に掴まり、辛うじて玄関にたどり着く。這うように二階に上がりベッドへ。

すっかり気持ちの張りも消え失せ、吸い込まれるように意識は遠のいた。


翌朝、異変は続いていた。麻痺は限りなく確実に広がっていた。

不誠実な医師への怒りは、一晩を経て憎悪となり、限りなく膨らんでいた。

昨日の当番医の言う〝脳外科医〟などは来ていない。私を早く帰したいための嘘だったのだろう。

◆手遅れ

妻は朝からあちこちに電話して、昨日からの経緯を説明しながら、相談を繰り返していた。

こんなことを日常の生活のなかで誰が想像できただろうか？

また、こんな時、頼るべき相手など知る由もなかった。

私は、全く気力が失せていた。どうせ手遅れだ。

諦め、投げやりになる気持ち、ぶつけようのない怒り、無力感が入り交じるなかで、時間の経過と共に広がり続ける麻痺に、侵され続ける自身に怯えるしかなかった。

それでも妻は、午後になり近所の診療所の助言を得て、事情を説明し、また救急車を呼んだ。

再びS病院へ。

しかし、今日は平日、昨日とは違い、脳外科医はいるだろう。どうせ手遅れだろうが。

S病院に着いたのは15時過ぎだった。

早速、MRI、CT検査。

処置室では心電図を撮られ、医師の診断となった。

医師は開口一番、

「脳梗塞ではありませんね。この画像を見ても、血液の状態も何の異常もありません」

「じゃあ、この麻痺は？」

「解りませんね。どうでしょう？　今週いっぱい様子を診て、来週また来てみては？」

来週また来い、と言うのか？　唖然《あぜん》とした。この医者は私に、死ね、と言っている！

私はこの時、絶望の中で死を見た。まさかこんな形で死ぬなんて！

それから、この医師は滔々《とうとう》と私に画像を指し示しながら説明を始めた。

可能性のありそうな原因についてならまだしも、ひたすらに脳梗塞ではないと言い続けるだけだ。

この時、私は気づいた。

この医師も脳外科医ではない、循環器内科の医者だ！　専門医はどうした？　脳外科医は？

自信満々に話すニセ脳外科医、時間と共に進行する麻痺に怯えている患者を前に、その症状の原因を探るでもなく、弁舌は延々と続いた。一体この病院はどうなっているのだ。

脳梗塞を経験したこともない門外漢のニセ医者が、脳梗塞を経験し、今その症状が出ている、と訴える患者を前に違う、と言い続ける。

目の前で麻痺が進行している患者に、「様子を診て来週来い」と言う。

脳梗塞という病名に拘《こだわ》っているのではない。

差し迫るこの麻痺を何とかして欲しいだけなのだ。

こんな事をしている間にも、私の症状は進み、のっぴきならない状態に近づきつつあるのでは？

私は思った、ダメだ！　もう終わりだ！

◆権威の砦《とりで》

18時過ぎになり、見たことがある顔が医師の席に座った。しばらくカルテや画像を診て、「脳梗塞ですね。脳幹梗塞です」昨年見たことのある脳外科医だった。

今まで何をしていたのだろう。手術でもしていたのか。さっきまでそこにいた医者の姿は、もうそこになかった。今までのことは、夢でも見ていたというのか。

処置が開始された。

発症から30時間を超えての処置など効果があるのか、点滴を繋がれただけだった。たったこれだけのことをするのに、１日以上！

去年と同じ処方で効果はあるのか。

麻痺はもう広く拡散し定着しつつあった。

定着した麻痺が、次に何を引き起こし、どんな症状となって表れるのか、怖かった。

私は、ただそれを迎え入れるしかないのか？　納得がいかなかった。苛立ちだけが残った。

21時を回って病室に移された。
結局、昨日から今日の出来事は何だったのだろう。
昨年の経緯を思い浮かべ、病状を少しでも軽く、短く抑えようとして急いだのに……。

脳幹梗塞の致死率は3分の1、単純には毎回3分の2の生存率だが、治療開始から1週間は、どのような経過を辿《たど》るか分からない、といわれる脳幹梗塞。
しかも発症から30時間以上も経過してしまっては……。

昨年は、発症を自覚してから、およそ2時間で処置が開始された。
それでも翌日になって、左に麻痺が広がり、1週間目には複視となったのである。
これから症状はどのように進行するのだろう。意識混濁《いしきこんだく》程度で済むのか、昏睡状態《こんすいじょうたい》に陥《おちい》るのか？

それから植物人間となってしまうのか、それとも心肺停止まで往《い》ってしまうのか！

もうどうでもいい、こんなに大きな不安や恐怖を持ち続けるくらいなら、早く楽になってしまいたい、そんな気持ちだった。恐怖と共に、眠りに引き込まれた。


私が元々抱いていた医者への不信感は、この二日間で疑いのないものになった。

こんな奴等に、いざという時に判断を委《ゆだ》ねなければならない……。


一週間後には医師から家族に病状の説明があった。

さて、どんな言い訳をするのか。

説明は、妻と息子が聞いた。私はこの時、混迷の中にいた。

説明はベッド脇ではなかった。応接に通され、そこで行われた。

応接では二人が息子と妻を迎えた。医療法人として応対に臨んでいるように見えた。

ひとりは脳幹梗塞と診断した医師、もうひとりは医事課と思われる看護師が同席した。

医師は、権威を身に纏《まと》い、おもむろに口を開いた。

身を固く構えた看護師は、家族を注視しながら、怠《おこた》りなくメモを書き留めていた。

「今回、脳幹梗塞と特定することは、極めて難しいことでした。発見困難な上、判断が難しいものだったため時間が掛かりました。今後の治療には全力を尽くします」

無駄な言葉のない、何の呵責《かしゃく》もない説明だった。

家族は、応接の居心地の悪さと、権威という鎧《よろい》を着て構える医師と看護師を見て、組織が総力を挙げて守りに入ったことを理解した。

ここで何かを言うのは得策ではない、言っても無駄だと感じた。


おそらく、今回誤った判断を下した二人の医師は、また同じ過ちを繰り返すだろう。その後の患者への関心などなかろうし、何の痛みも感じないのだろう。

医者とはなんと傲慢《ごうまん》な存在なのか。

こうも権威をかざし、それを守りたいものなのか。

こんな危なっかしい救急病院が、あっていいものだろうか？


程なくしてK病院への転院が決まった。4月15日金曜日。

危機をすんでのところで回避した私は、死ねずに、まだ生かされていた。

生きる以上は、全身麻痺をそのまま受け入れて、生きることなど出来なかった。

脳幹梗塞の残した全身麻痺と、場所を変えて対峙し、闘いを挑むことにした。

◆偽善の医者

田舎の両親は毎週のように、掛かり付け医に足を運び老いた身体を労《いたわ》っていた。

ある日、躓《つまづ》いて転んだ父親を診た掛かり付け医は、打撲と診断し湿布薬などを処方した。

何時までも痛みが消えない父親は、また訪れた時も、同様に湿布薬を処方された。

たまたま実家を訪れた私は不審に思い、整形外科医を受診させると骨折と診断された。

私が掛かり付け医にクレームを入れると、この判断は非常に難しいものだという。

自信に欠けることを他に照会しない。田舎のことで客である患者を獲られたくないのか。

所詮、田舎の開業医の縄張り意識かと思った。医者とはなんと姑息《こそく》な存在なのだろうと
思った。

骨折程度のこととでも思ったのか、幸い大事には至らなかったとは言え、命に関わる重要な判断に、高い見識と高潔な職業意識を持って臨んで欲しいものである。

医師によるこんなことは、頻繁に起きている、と私は推察する。
しかし、専門職としての特権意識の下で、大部分は糊塗《こと》されている、と私は思う。
そして私は彼等に貶《おとし》められた。

3　支配する看護

治療を開始して1週間は、麻痺がどのように進行するのか分からない。どう構えて待つか？　そんなこと分かるわけがない！　私は無抵抗で、しかも無防備で待つしかなかった。

昨年の経験が役立つわけもなく、却ってそれが不安をかき立てた。症状は一度に襲い掛かることはなく、徐々にジワジワと全身を覆い、次々と機能を停止に追いやった。

病室のベッドの上の私は、全身を襲う麻痺をただ受け入れるしかなかった。私の体は、そこに転がされた物、そんな感覚でしかなかった。

全身麻痺に陥った私は、この病院に、一切を委ねるしかなかった。

病院に頼るしかない状態で見る医療の現場は、思っていた世界とは全く異なり私の不安を増幅させた。

◆不協和音

私の病室は症状が重いこともあり、ナースステーションのすぐそばだった。

そこは、とても異質な空間だった。

私は全身麻痺となり、麻痺はあらゆる機能を侵したけれども、聴覚だけは、鋭く研ぎ澄まされていた。

そして何も頼るものがない私は、ナースステーションから伝わる物音に耳を聳《そばだ》てた。

ナースステーションから聞こえる音や声には、微妙な雰囲気の違いが感じ取れた。

早番、遅番、日勤、夜勤のローテーションや組み合わせによって、ナースステーションの騒《ざわ》めきや雰囲気は、そこに居るひと達によって、微妙な変化を醸《かも》し出した。

夜勤帯や休日でひとが少ない時など、特にハッキリとそれが伝わって来た。

私の異常に鋭く磨かれた聴力に気付くひとは、いなかった。

周囲には、何も出来ないことは、聞こえていないという誤解と思い込みを招いたようだった。

私に対するその油断は、私に侮辱的な言葉を浴びせたり、舌打ちしたりしてみせた。

仕事上の、医師との確執、看護師同士の確執も伝わって来た。

仕事上どこにでもある姿だが、仕事の進め方、患者への対応等、日々揉め事は絶えないようだった。

患者に寄り添い、きめ細かな対応を心掛けるタイプの看護師には、面倒臭い場所のようだった。

患者として最も聞きたくないことばかりだった。

少なくとも白衣の天使など住み着く場所とは思えなかった。

◆鬼と夜叉

看護師に、ナイチンゲールや白衣の天使はいなかった。

看護師には、鬼や夜叉はいた。

鬼は乱暴者だった。ガサツでデリカシーの欠片《かけら》もなかった。

鬼はその姿を隠さなかった。

鬼は自分が鬼だとの自覚がないのだった。

鬼は言葉でも周囲を傷つけた。

鬼はそもそもＤＮＡが鬼だった。だから性格など直しようもなかった。

夜叉は美しかった。そして狡猾だった。

夜叉は、医師や同僚、面会者の前では、美しい看護師としてソツなく振る舞った。

体も動かせない、声も出せない私の前では、夜叉に豹変した。

夜、勢いよくカーテンを開け、乱暴に毛布を剝ぎ取り、体交クッションを乱暴に入れ替えるのはいつも夜叉の仕業だった。

夜叉と鬼の乱暴な振る舞いは、清拭《せいしき》や摘便《てきべん》、食事の介助でも無防備な私にダメージを与えた。

驚いて目を開けると、その顔は紛れもなく夜叉であり鬼だった。

夜叉は日中、影を潜めたが、夜、紛れもない夜叉となった。

鬼は昼間でも誰の前でも、平気で鬼の素顔を晒《さら》した。

◆スローテンポ

急性期を過ごした病室は病状が重い患者が多いせいか看護師が頻繁に出入りした。

その中にどうしても他の看護師とは、仕事のリズムが違う看護師がいた。

時に仲間内でなじられたりした。とにかく周りとテンポが違うのである。

手際よく次々と仕事をこなす看護師の中で、一際《ひときわ》手順が遅く心配になってしまう看護師だった。

と言っても、手際が悪いだけで、間違いを冒すようなことはなかった。

しかし私に取って、意思の通わない物みたいな体には、そのスローなテンポが有難かった。

手際よく手早くサッサッサッと扱われると、私は混乱し、前後左右が不覚となり頭が空転するのだった。

その点、ゆっくりと静かに扱ってくれる彼女のテンポは、とても丁寧で心地よかった。

自分の部下なら、許せない仕事ぶりに、まさかこんなことが、と妙な感心をしてしまった。

効率だけを考えて叱るより、適材適所の有益な人材活用があることに気付かされた。

いつもこの看護師が来ればいいのに、と期待した。

でもそんな期待をすると、いつも鬼や夜叉が来た。

◆変化した感覚

治療が開始されて1週間、どんどん進行し拡散する麻痺に対し、周囲はあまりにも無頓着だった。

損傷は体全体に及んでいたにもかかわらず、看護師をはじめとする周囲の関係者は、進行中の症状に対する警戒をしていたようには思えなかった。

声が出なくなっても、普通に話しかけて来るし、排泄機能も悶絶するまで、気付かなかった。

患者一人ひとりの症状の違いに見合った看護とは思えなかった。

麻痺の症状が全身を覆った後も、それぞれのダメージを観察する様子もなかった。

だから巡回でも、麻痺の症状を慮《おもんばか》った対応などなかった。

朝、看護師が「おはよう」と部屋に入り電気を点ける。

カーテンを開け、窓も開ける。「今日は天気も良くて、風も爽やかよ、菊池さん」

別に悪いことではないが、私には、晴れた日の光も爽やかな風も苦痛以外の何ものでもなかった。

広く深くダメージを受けた私の五感は、大きく変化していた。

外気は、鋭く肌を突き刺し痛みさえ覚えたし、外の光は目を刺し、目の奥に鈍い疼痛を残した。

声が出ない私は訴えようがなかった。幾度も辛い朝を迎えなければならなかった。

変化した私の感覚など、一切関係なく無頓着に振る舞うのだった。

他にもカルテにないだろう感覚の変質がいくつかあった。

これまでの経験上の常識に想像力を巡らして、新しい常識を加えて欲しかった。

◆舞い降りた女神

些細なことだが、女神がいた。

朝起きて洗面も何も出来ない私は、いつも寝起きのまま食事をしなければならなかった。女神は、そんな私の顔を、温かいタオルで拭いてくれた。

普通、看護師、介護士の定常的な仕事でこんなことはしない。

夕食も終わり、後は寝るだけの私の部屋を覗いた女神は、私の顔を見るなり、タオルを温め、顔を拭いてくれた。彼女の美意識に欠けるほど私の顔が汚れていたからか。

たったこれだけのことが、私の中に女神を生んだ。有難かった。

病院で過ごす日常の中で、優しいとかキツイとか看護師、介護士の個々の資質によるところだが、天使や女神を表出させ、鬼や夜叉さえ出没させた。

情緒的なことが大きく起因していると思うが、決まり事の多くは、結局、看護や介護〝する〟側のルールであり、〝される〟側との間には、明らかに「捩れ」が存在することは確かだった。それが私には耐えられないことだった。

私は無力だった。自分でやっていた身の回りのこと全部を、ある日を境に総てを他人《ひと》に委《ゆだ》ねた。

徐々にではない、突然一切を任せることになった。

私は、寝返りさえ、自由にならない苛立ちの中にいた。

オムツを着け、ベッドに寝たきりで、排尿はベッド脇の袋へ、何一つできない。

つい数日前には、自分でやっていた身の回りのこと総てが出来ないジレンマの中にいた。

看護師が次々とベッドを回り、毛布を捲《めく》り、ズボンを下げ、オムツを開き、清浄、体を左右に動かしながらオムツを交換する。

看護師は日常の業務のひとつを片付けただけかもしれない。

しかし、現状に慣れない私は、身を固く受け入れるしかなかったが、同じ動作の中にも、見ただけでは分からない、優しさを残す看護師もそこには居るには居るのだが。

4　療法士達

◆STの評価

急性期を過ごす病室にST（言語聴覚療法士）が現れた。

彼女は血圧を測定しながら、ベッドの背を少しずつ上げ、食事の姿勢を探った。

ベッドの背を上げた状態で私が苦しくないことを確認すると、声を出すように言った。

声が出ないことを知ると、呼吸の確認をした。

続けて咀嚼《そしゃく》や呑み込みの確認をした。

改めて食事の時間、栄養士と共に介助をし、姿勢、食物の形状、飲み物のトロミの量などについて申し送り事項を作成し、ベッド脇にも掲示した。

K病院への転院は4月15日に実現した。

転院時、手はナースコールを握り、押すことが辛うじて可能となっていた。

私は、手を動く範囲で毎日動かし続け、全く意思の通じなくなった足に、意思を伝え続けていた。

全身麻痺となった体だったが、昨年のリハビリを振り返り、ここに来ればきっと歩ける、きっと何とかしてくれる、漠然とした望みを抱いていた。

K病院の療法士によって、毎日3時間の治療が受けられれば、こんな重い症状でも早々に目途が付くと考えていた。

◆リハビリ開始は?

リハビリは、すぐには始まらなかった。

最初に傷や床ずれの有無の確認が行われた。

ベッドはエアマットに交換され、体の下には、体圧を測定するマットが敷かれた。

横になった時、体重の掛かる場所を特定し、体圧がかかる箇所をクッションなど利用して逃がし、無理なく寝る姿勢を写真に撮り、左右の体位交換姿勢をベッドに掲示した。

リハビリ担当が現れベッドに横になっている私を抱き起こし、抱き抱えながらリクライニング車椅子に乗せて、リハビリ室に移動すると、窓際のベッドに仰向けに寝かせられた。

上半身、下半身をベッドに付いているベルトで固定して、血圧の測定をする。真っ直ぐ寝たままの姿勢で、スイッチを押すと徐々にベッドが斜めに上がり始めた。30度ぐらいで再び血圧を測定する。

繰り返しベッドを上げ続けると、60度を超えたあたりで血圧は急速に下がった。担当はベッドの角度を戻した。何回か繰り返したが、70度を超えることはなかった。なんと私は、リハビリを受けられる状態ではないのだった。

それでも1週間もすると、リハビリは血圧を測りながら、担当が私を抱き起こしてベッドに座らせ、脇の下に頭を入れて抱え上げ、歩くイメージで数歩動かす、そんな運動を繰り返した。

私の足は動かされるままにブラブラ揺れるだけで、糸の切れたマリオネットのように、意思は足に全く届かなかった。

更に治療は続けられていくのだが、その治療に、私の体はついていけなかった。リハビリに耐えられなかったのだ。1時間の治療の40分を過ぎた頃になると、時計が気になった。

60分のリハビリが辛くて、早く終わらないかと思うのだった。

K病院に転院当初の私の目標は、

　ひとりでトイレが使えるようになること
　ひとりで車椅子に乗れるようになること
　ひとりで食事が出来るようになること

それが何ひとつできそうにない、とても高いハードルだった。

再発した脳幹梗塞の症状は、素人の私の考えなど及びもつかないほど、あらゆる機能に重く圧《の》し掛かり、深く浸透してしまったようであった。

数カ月を経過しても、私の症状は、去年のスタートラインさえ見せてくれなかった。当初、療法士に、どれぐらいで歩けるようになるか聞いた時、返事がなかった意味が分かった。

私の体は、全く動かなかったが、感覚は研ぎ澄まされ、去年感じた以上に療法士の技量の巧拙を敏感に受け止めた。

(1) 新人療法士

妙に高邁《こうまい》な新人がいた。療法士になったことが誇らし気に見えた。誇ることが悪いとは思わないし、頑張れよと思うが、10年選手にもないような患者への物言いといい、態度、勘違いな力量、早々に鼻っ柱を折ってやらないといけない、と思った。

現に私の移乗も満足に出来なかった。私のリハビリには入らないように言った。

また、自分の新人としての力量をわきまえ、患者を真っ直ぐに捉《とら》えて挑んでくる若者がいた。

頑張れよ、とエールを送りたくなった。

⑵　透《す》かしっ屁《ぺ》
触診の手が触るか触らないか分からないような療法士がいた。

サワサワとただ上っ面をウロウロと行き来する。経歴は長そうだが全然自信がない触診だった。

ジジババと塗り絵でも塗っていろ、そんな感じの療法士だった。

ちょっと遅いが勉強し直せ、それじゃ稼げない。

⑶　能書き
能書きが先行する療法士がいた。技量も優れているように感じたが少々喧《やかま》しかった。
もっと手を動かして欲しかった。
また、能書きは立派だが、技量が伴わない療法士もいた。
技量が劣ることを自覚しているが、その照れを能書きで隠そうとする療法士がいた。

⑷　サラリーマン
私は治療を受け効果を感じた療法士に、その技量にかかわらず、熱意を感じた。
ところが、それが感じられない療法士が数人いた。

一定の力量はある。しかし一定のところから踏み込んで来てくれない。症状を共有してもらえない歯痒《はがゆ》さを感じた。医療従事者としての熱意を感じなかった。私の仕事はここまで、これ以上は踏み込まない、とでもいうような、ある種の冷たさを感じた。

給料はここまでですよ、それ以上は貰っていません、とでも言うように。

⑸ 巧拙

ベッドに寝ているばかりの私の体は、動けないだけではなく、各部位が相当硬くなり、関節を普通に動かすのさえギシギシと軋《きし》んだ。

経験を積んだ療法士はそんな手や足、腰などを巧みに解《ほぐ》しにかかる。本来曲がらなくてはいけない方向なのに、関節の奥の方から激烈な痛みが走り、呻《うめ》き声が出てしまう。

笑うしかないほどの痛みだが、その先に甘美な達成感が広がっていた。

下手糞がやろうとすると、関節を逆の方向に曲げられたような痛みが起こり、ふざけるな！　である。

ただ痛いばかりで、何の効果も感じられなかった。

同じ所作のようで、技量の差は歴然としていた。

技量の優れた療法士に、いつも治療して欲しかったが、そうばかりとはいえなかった。

そうであれば、同じ入院期間であっても効果は全く違っていただろう。

療法士の技量によって医療点数を変えて欲しい、と思ったものである。

◆構音障害《こうおんしょうがい》と感情失禁《かんじょうしっきん》

私は、構音障害や感情失禁と診断されたが、どこに原因があって、症状のどこが構音障害で、どこからが感情失禁なのか、全然分からなかった。

私は、この原因がどこに起因するのか分からない症状に惑わされ続けた。

声が上ずる、途切れる、高く出たり、低くなったり、一定に保てず制御出来なかった。

また、喋ろうとする途中で、引き付けを起こしたように、声が急に喉に引き込まれたりもする。


特に感情失禁は大いにリハビリを妨げた。

場所も時間もわきまえず突然、喉の奥から引き付けを伴いながら現れる笑いは、不随意筋を硬直させ、療法士が二人掛かりでも押さえ込むことは困難だった。

自分でも想起出来ない記憶や事象が脳裏を横切った瞬間、突然、ひとを突き飛ばすほどのエネルギーを発散してしまうのである。それがちょっとした思い出し笑いでも発現した。ちょっと面白いことを話そうとすると、話す前から引き付け笑いになってしまうのだった。


食事中なら、誤飲を起こしかねないし、ムセたら口中の飲食物で辺り一面を汚してしまう。

そうかと思えば、不適切なところでクスリと笑ったり、涙が流れてしまうのである。それを知らないひとには、不審感を抱かせるし、不愉快にさせてしまうのだった。


私は、この障害を克服するには、呼吸の浅さ、不明瞭な発音、咀嚼障害と嚥下障害、喪失した腹背筋など全身麻痺の輻輳《ふくそう》した全因子の解決がないと無理だと思った。

制御不能な不随意筋を制御出来るほどの随意筋を育てなければいけない。

難しい取り組みだった。また、あの無策な医師への怨み言が浮かんだが噛み殺した。

毎日のリハビリに精一杯取り組むしかなかった。
なかなか回復を自覚出来ないまま、リハビリ期間は数カ月が忽《たちま》ち過ぎた。

5　選択と決断

入院3カ月目ともなると、主治医から退院後のことについての考えを求められた。

入院期間は5カ月、150日間と決まっていた。

それは暗にリハビリ期間内には、退院しても家で過ごせる状態までになれない。

ついては、退院後どうするのか考えなさい、という宣告に他ならなかった。


退院後、施設を利用するにしても、すぐにどこにでも入所出来る訳ではない。

入所条件もあるだろうし、申し込んでから入所までの期間も必要になる。

手が多少反応するようになった程度で、下肢がほとんど反応を示さない今の症状など、様々なことを考えると、決して十分な時間があるとは言えなかった。


退院しても、自立した生活が出来るまでリハビリを続けたかった。

それに介護施設の在り方から言って、リハビリを最優先とする私の条件に、合致するところが簡単に見つかるとは思えなかった。

あるとも思えなかったが、ケアマネージャーに、私の希望を伝え、リハビリ施設の照会を依頼した。

病院にも自費での入院延長を打診してみた。

同時に友人、知人の知恵を頼りにメールを拡散し、自分でも手当たり次第にあらゆる情報に縋《すが》った。


しかし、いずれも私の希望に叶う答えは得られなかった。

焦りばかりが募り、苛立ちが更に焦りを生んだ。


このまま麻痺を引き摺って、ただ生きることなんて考えられなかった。

自尊心や羞恥心は大人だが、一歳の赤子ほどのことも出来なかった。

食事も寝起きも排泄さえ、他人《ひと》を頼らなければならない。

寧ろ、体が大きいだけ扱いにくい。

この状態でリハビリが出来るのは、回復期を支えるこのような病院以外に考えられなかった。

本来、症状の軽重、回復への意欲、想定余命などを重視した入院期間であるべきなのに、養老施設のように茶飲み話をする周囲の年寄りを見て恨めしく思った。

手立てがない訳ではないのに、制度が私の利用を拒《こば》んだ。私の社会復帰を阻《はば》んだ。

残りの人生を、回復への望みを放棄し、介護施設で食事の介助を受け、排泄、入浴、バルーン交換などの世話を頼りに毎日を過ごすことなんて出来ない。

ただ生かされる、そんな生活を受け入れることなど、出来ないのだった。

死んだ方がましだと思った。

考えあぐね切羽《せっぱ》詰まり、全然力の入らない腕に、せめて退院の日までに、頸《くび》を括《くく》る程度の腕力を付けようと、本気で考え始めた時だった。

リハビリ中に療法士が呟いた一言がきっかけになった。

K病院は、週1回1時間の訪問リハビリを実施していると。

(介護保険では週120分利用できるが、まだ、この時のK病院の体制は週1回だった)

自宅でリハビリ!?　私の家でできるだろうか？

そんなことは、考えてもみなかった。

でも出来るだろうか？　リハビリはともかく、基本的な体の維持を家で出来るだろうか？

まず妻が受け入れられるだろうか？　自分ひとりで決められることではなかった。

妻に聞いた。聞くまでには数日を要した。

妻は「あなたはそうしたいのか？　それで回復を見込めるのか？」と聞いた。

私は「1年、進展が見られなければ、施設でも何でも」と言った。

さて、自宅療養を選ぶとして、自宅でどれくらいのリハビリ時間が、確保出来るだろうか。

リハビリを専門に提供する施設は周辺に見当たらない。街に療法士の看板を見ることは出来ない。

療法士は独立して、鍼灸師やマッサージ師のように看板は出せないのだ。

療法士は医師の処方の下《もと》、治療に従事するのだった。

しかし、今の仕組みでは回復期病院は、ただ日数で区切って、期間満了で患者を放り出してしまう。

リハビリ治療をもっと受けたい患者に、次の受け皿はなく、制度上、訪問リハビリが週に120分用意されているだけだ。

回復を目指すにはもっと充実したリハビリ手段が欲しいのだった。

こんな窮屈な制度では、私のような患者を救う手段はない。

医療費削減を目的に、入院日数を制限するより、医師の権限をある程度移譲し、療法士の裁量に任せられる制度が欲しいと思った。

勿論、誰でもそれが出来る訳ではなく、〝幅広い知識〟、〝豊富な臨床経験〟、〝優れた技量〟を持つ療法士である、というくらいの条件は必要であろうが、街に鍼灸師やマッサージ師と同じように看板が見えるようになれば、回復意欲を持つ患者は、意に沿わない不可思議な施設に、無駄な介護費用をかけずに、自宅療養を選択肢として考えるひとも多くなると思うのだ。

また、療法士にもスキルアップの動機付けとなり、技量の底上げになるだろうし、病院で下手な療法士に出会うことも少なくなるだろう。

私は再発前に、たまたまFという知遇を得て、自宅療養という手段を選択肢に加えたのだった。

私の考えに乗ってくれるか、理学療法士Fに連絡を取った。

現在の状況を伝え、週4回、私の施術に来てもらえるか？　と。

週4回、訪問リハビリと併せて5回5時間のリハビリが確保出来れば、体の維持をしながら、更に少しずつでも回復へ望みを繋げられるだろう、と私は考えた。

Fからは最初、2回は出来るとの返事だった。相当患者を抱え忙しい雰囲気だったが、事情を察し、夜と休日のリハビリ時間を用意してくれた。私に、否やはなかった。

自宅療養の実現に舵を切ってみたが、実現に向けて解決すべき問題は、山ほどあった。

妻には大きな負担を強いることになる。

そうなると、一番の課題は家に居る介護の必要な母親である。

妻一人で二人の介護は、到底無理である。

知恵を絞った結果、母親には介護施設に入居してもらい、予算見合いの施設を探すことにした。

母親は施設入りを承諾してくれ、息子と妻が探してきた施設も気に入ってくれた。

私の排泄の問題は、訪問看護、入浴は、これも訪問入浴というサービスがあった。夜中の体位交換は、ベッドのエアマットに体位交換機能があり、タイマーで左右制御出来るという。

車椅子の乗り降りはベッド付属のリフトがあり、これを利用することにした。

残った問題はバルーン交換だった。看護師ではできない、医師が必要だった。

K病院は外来では、出来ないという。

この病院に入院している患者なのに、退院後のフォローはしない、規則なのかどうか知らないが、納得できなかった。

幸い、訪問看護の依頼先から、訪問診療が紹介され、この問題は解決した。

表向きの用意は整ったが、実際に自宅療養を始めた場合の不安は、払拭出来なかった。

妻の理解が得られた、と言っても、病院のように24時間いつでも何があっても対応するのは困難で、そのストレスに耐えられるのか。覚悟の上とはいえ、相当の負担であるはずだ。

私にしても決まった曜日の決まった時間に浣腸を使うとはいえ、排泄が可能なのかなど、予測出来ないことが山ほどあった。

息子は、ベッドから車椅子への移乗を、療法士から習い、リフトの使い方も実際に私を乗せて、妻も交えて、療法士と何度も試した。決して乗り心地のいいものではなく、辛いものだった。

また妻は排尿の処理やオムツ交換の指導を看護師から受けていた。

自宅に整えたベッドやリフトなどの備品確認を、レンタル業者、ケアマネージャーを交えて、療法士に同行してもらい、チェックしたりしているうちに、忽ち時間は過ぎた。かなり強引に、急いで自宅療養への準備を進めたが、そのほとんどは、妻によって行われた。

２０１６年９月７日、Ｋ病院退院を迎えた。

オムツとカテーテルバルーンを付けたまま、寝たきり状態だった。

入院時、介助が必要だった食事はスプーンを少し使えたが、飲食物は、トロミ剤が当初の半分程度になっただけだった。構音障害と感情失禁、咀嚼、嚥下障害は未解決のままだった。

ひとりで出来ることなど、ほとんどなかった。

私は、十分なリハビリを続けるとか、自宅療養をするなどと意地を通しただけだったが、それに何も意見することもなく、淡々と準備を進めたのは妻だった。

後々気付くことだが、妻には何も逆らえなかった。すべてがその掌《たなごころ》の上だった。

6　葛　藤

２０１６年９月７日、Ｋ病院を退院し自宅に戻った。

自宅療養は、自分の想定通りとはなかなかいかなかった。

車椅子移乗用のリフトは、妻一人での操作は無理だったし、座る位置が定まらない欠点があった。

結局、違和感があり、長く座ることは無理だったので、緊急避難用と割り切ることにした。

また、体交機能付きベッドも寝心地が悪く、リハビリには柔らか過ぎたので取り換えた。

困ったことに、清拭を依頼した、私のところに来る介護ヘルパーは、介護が必要なのではと思うようなばあさんだったし、非力で苦痛以外の何ものでもなかった。解約した。

多少のトラブルはあったが、数カ月もすると、自宅の環境にも慣れ日常が進んだ。

K病院の訪問リハビリ体制も整い、週2回の利用が可能となった。私のリハビリも週6時間となった。


2017年9月、退院から1年がたった。

まだ背中はベッドに張り付いたままだった。

少しずつ、少しずつは、回復へと……、でも微々たるものだった。


一年を振り返って思う時、立ち上がった姿をいつもイメージしてリハビリを続けて来たのだが、一体いつになったら、あとどれぐらい、どんなことをすれば、自分の意志が体に伝わるのだろう、と思う気持ちの揺らぎが、必ず歩いてみせるという自らの意志を支えきれなくなるのだった。

メンタルの維持は何よりも辛く困難なことだった。それは時をおいて度々襲った。

そんな感情の起伏の波は、いつ訪れるともなく私を襲い、失意の中に沈めたりして翻弄した。

波は今、闘病を始めて以来の大きさで私の周りを真っ暗にして見せた。

気持ちの持ちようなのは理解しているのだが、この波は制御し難く、私は暗闇の中に立ち尽くすしかなかった。

あとどれくらいで、寝返りが出来るだろう？

あとどれくらいで、立てるだろう？

あとどれくらいで、車椅子に乗れるだろう？

あとどれくらいで、トイレに行けるだろう？

あとどれくらいで、風呂に入れるだろう？

あとどれくらいで、着替えが出来るだろう？

あとどれくらいで、鉛筆を持って書けるだろう？

あとどれくらいで、食べることが出来るだろう？


と、ひとりいつまでも反芻《はんすう》を続け、いつも最後には、どうすれば、ひとりで頸《くび》を括《くく》れるのだろうか？

メンタルが沈んだ時、辿り着くのはいつもここだった。

際限なく浮かんでは消える〝あとどれくらい〟を繰り返すうちに、私を見る父親の顔が浮かんだ。

亡くなる3日前、大晦日、生前最後に見た父親の姿だった。

病院のベッドで死を待つしかない父親の髭を剃り、温かいタオルで顔を拭いた私を見た父親は、穏やかな瞳を私に向け、物言えぬ目で確かに呟いた。

「もう、いいよ」それは確かに、もういいよ、といった。

私は、その父親の表情は、自分が生き抜くために身に備えた誇りや信条、自分が生きるために身につけた、義理や人情、見栄や闘争心など、身につけた薄衣《うすぎぬ》1枚1枚を脱ぎ捨て、身軽になった自分に満足し、安堵の心地良さの中にいたのではなかったか、とこの時思った。

年が明けて1月3日、臨終に立ち会った妹から連絡があった。「苦しみませんでした」と。

今この時、腑に落ちた。そうか、やはりあの時、自分に決着をつけていたか、と思えた。

あの時の目は、数カ月前までの闘病に疲れた濁った瞳ではなく、透き通った目だった。

そして今になって、まだ早いよ、お前は。そんなに重い物を持って、そんなにいっぱいしがらみやら義理やら、でっかい未練だって抱えたままじゃないか。

そんなもの抱えたままじゃ、死ねないよ。もっと苦しめ、そんなことを考えるのは十年早い。

親父《おやじ》はそういった。

そう思うことによって、荒波を潜り抜けたような気がした。

自分の在りようを求めて、安楽死や尊厳死を考えるのは間違いだった。余命を告げられた訳ではないし、手足を失った訳でもない。

動かないだけだ。幸い、脳の損傷は逃れたのだから。

取り敢えず未練の薄衣《うすぎぬ》を1枚脱ぎ捨てた。

1年前と比べたら、飲食のトロミ剤は必要がなくなり、話す言葉は単語から短い文章となっていた。

足首が上下に動く程度だった左右の足は、膝から脹脛《ふくらはぎ》を通って細い糸のような神経線が繋がり、最近、それは太腿まで伸びて来ていた。

一年の単位で振り返って見ると、確実に回復に向かっていた。ただ、長い時間が必要だった。

7　激痛

脳幹梗塞との闘いの葛藤を乗り越え、長期戦への覚悟を固めた翌月のことである。

2017年10月4日6時頃。

朝起きると右胸の辺りに小さな点程度の、ちょっとした痛みがあるのが気になった。気にはなったが、直ぐに消えると思っていた。

気にしないようにして、朝のニュースを見ていると、痛みが次第にハッキリとした痛みへと変化し、右肩にいた点の痛みが臍《へそ》に向かい、次第に痛さを増してくる。

食事を用意してきた妻に痛みを伝えた。大丈夫だろうと食事を続けた。

初めての感覚の痛みを訝《いぶか》しく思いながらも食事を続けたが、痛みが重いものに変化し始めたので、食べるのをやめた。

しばらく様子を窺うが、痛みが鎮まる気配はない。

痛みは、次第に肩から肋骨の裏を通って腹部に向かい、太く重い痛みとなり、内臓を鷲掴みにした。

経験を遥かに上回る激痛に、耐えきれなくなり、私は大声を上げた。

「大丈夫？　救急車呼ぼうか？」と妻。

「嫌だ、やめろ！」と叫ぶ私。

こうなっては、救急車を呼ぶしかないのは分かっているのだが、嫌だった。

妻を困らせた。


何であれS病院に搬送されるのは、嫌だった。S病院は信用ならなかった。

それに自宅で1年かけて馴染んだベッドでの姿勢が、病院では病院の流儀で姿勢を取らされる。

躊躇の理由はこの二つだった。


痛みは嘔吐を伴った。痛みは途切れずに私を攻め続けた。

妻が「看護師さん、呼ぶわ！」訪問看護師のことだった。

今更、「救急車を呼べ」とも言えず、痛みに逃げ場を失っていた私は、救われた。

看護師はすぐに来た。8時になっていた。

体温、血圧、血中酸素を測定し、患部を触診しながら、痛がる私を尻目に「すぐ救急車！」と叫ぶ。

看護師に、こうして背中を押されなければ、救急車を呼ぶことには、まだ躊躇し続けただろう。

10分もしないうちに救急車が到着、看護師が何か話している。

救急隊員がベッドのシーツごと体の下に置いたクッションも一緒に、担架に乗せ救急車に運び込んだ。

車の中で嘔吐しながらも、激痛に耐える。

救急隊員が「搬送先はS病院」という声を聴き、悶絶の苦しみの中、私は隊員に、

「止めろ、S病院なんか！　あんなヤブ医者病院は止めろ！」と吠えた。

隊員、冷ややかに「菊池さん、そんなことはここまで！」「はい、出発！」。

残念無念、またもや、あの病院か。この地域に救急病院は、S病院しかないのか？

激しい嘔吐感が次々と襲って来るが、吐瀉《としゃ》には至らない、それが余計に苦しさを増幅させた。

病院では、直ぐに検査が始まらなかった。それがS病院への心象を更に悪化させた。

平日で診療が始まったばかりの時間帯で、検査予約の患者が多数、列を作っていた。

検査を待つ間も、襲って来る激痛に、もう身の処しようもなく叫び続けた。

そんなに声が出るはずもないのに、喉にかかっていた膜が破れたかのように大声が出続けた。

叫んだ先から痛みも外に吐き出されるような気がした。その一瞬だけ痛みが抜けた。

意識も朦朧《もうろう》として喚《わめ》き散らす中で診察が行われた。

点滴がいくつも繋がれた。処置室か手術室か、経過観察なのか留め置かれた。

痛みが治まらない。そばを通る看護師が話すには、痛みを散らす薬は打っているという。

これで鎮まれば退院、今日はこれで様子見だという。

一晩中、痛みは引かなかった。痛みに吠え続けて一夜を過ごした。それでも痛みに慣れなどなかった。

朝の血液検査は白血球が相当に増えていた。手術だという。

妻が呼び出され、手術承諾書にサイン、手術は10月5日11時10分と決まった。

とにかく早く痛みから解放を、しかし手術の開始は遅れ11時50分に。

「先生来ますよ。麻酔を開始します」と看護師。

麻酔の吸入が始まる直前、急激に痛みが差し込み、私は叫んだ。

「待て！　大門未知子《だいもんみちこ》を呼べ！」(この時、人気のドラマの凄腕外科医《すごうでげかい》の名前を叫んだ)

すかさず看護師、「菊池さん、大門先生はお忙しいのよ」。

「それに大門先生は、とてもお高いの」

私は、洒落《しゃれ》た台詞《せりふ》を返して来た看護師に満足し、穏やかな気持ちで意識を麻酔に任せた。

瞬《まばた》きをしたぐらいのつもりだったが、目を開けると手術は終わりＩＣＵらしきところに移されていた。

そうだ、あの看護師は？　声しか知らないが、その声の持ち主は見当たらなかった。

あれは、麻酔に入る前か、麻酔に落ちた後の夢か？　はっきりしなかった。

痛みは少し和らいだが、続いていた。

痛みの原因は胆嚢炎だった。

開いてみると胆嚢は壊疽が進み真っ黒に腫れ上がり、メスを当てるまでもなく、ボソッと取れたそうだった。もう少しで破れて危険だった、とも聞いた。

そんなことを後で聞いても、それでは、薬で散らそうと一日延ばしたのは、間違いだったのか？

一晩中痛みに耐え続けたのは、答える言葉もないのに拷問を受け続けたようなものだった。

体には大きな手術痕と腹には二本のチューブが差し込まれていた。

一本は胃瘻の管、もう一本は胆嚢切除後の残液の排出のためだった。

手術後、私の腕は、生まれたばかりの赤ん坊のように手を握り締め、肘を折り曲げ、胸の上に両腕を置いたまま硬直して解《ほぐ》れなかった。

呼吸はとても苦しく、喉の気管、飲み込みの起点や声帯はみぞおちの辺りに落ちてしまったような感覚だった。

胃瘻の管の意味はこのためか。

痛みにあれほど大きな声が出ていたのにもかかわらず、遠くから小さな声しか出なくなった。

ベッドの上の吸引器の意味もこういうことか。

何故？　唖然とした。微々たるものとはいえ、1年間のリハビリの成果が吹き飛んでしまったのだ。

愛読者カード

ご購読ありがとうございます。今後の参考にさせていただきますので、下記の設問にご協力をお願い致します。

● 本書の書名

● この本を何でお知りになりましたか。

1.書店の店頭　2.広告を見て（新聞・雑誌名　　　）
3.ネット書店　4.書評紹介を見て（紙・誌名　　　）
5.友人、知人の紹介　6.友人、知人からのプレゼント　7.小社出版目録
8.小社ホームページ　9.その他

● お買い求めの動機をお聞かせください。

1.タイトルに惹かれて　2.興味のあるテーマ、ジャンルだから
3.カバーデザインがよかったから　4.その他（　　　）

● 本書についてご意見、ご感想をお聞かせください。

郵便はがき

恐れいりますが
切手を
お貼り下さい

1130021

（受取人）
東京都文京区本駒込
三－一〇－四

東京図書出版
愛読者カード係 行

お名前（ふりがな）	年齢
	歳
ご住所 □□□-□□□□ TEL（　　）	□男　□女
Eメールアドレス	

ご職業
1.中学生　2.高校生　3.大学生　4.専門学校生　5.会社員　6.公務員
7.自営業　8.アルバイト・パート　9.主婦　10.その他（　　）

8　焦燥

廃用というらしい。

激しい痛みが筋肉を委縮させたのか、麻酔がリハビリで復活した筋力を奪ったのか私は知らない。

たった一日で一年分のリハビリの成果を失くしたのは確かだ。

微々たるものとはいえ、長い時間をかけ積み上げてきたものを、実にあっさりと失ってしまった。

徒労感が際立った。病院のベッドで考えるともなく、今までのことを考え続けた。

空虚な時間を過ごした。同じ夢ばかり何度も何度も見た。脈絡のない夢だった。

足元を勢いよく大きな川が流れていた。黒い水を湛えた川の流れはとても速かった。

一面枯れ草で覆われた荒れ野の中を歩いていた私は、不意に川端を滑り落ちそうになった。

何処から現れたのか急に手を掴まれて事なきを得た。

誰が手を差し伸べたのか周囲には誰も見当たらなかった。風が枯れ草を巻き上げた。

突然、声が聴こえた。川岸にひとり佇んでいた私は引き戻された。

死線を彷徨《さまよ》う者に、「声を掛けてあげて」とか「手を握ってあげて」などと言うのは本当だと思った。

お花畑こそ見なかったが、黒い川を渡ったらどこに行けたのか？

醒めて、「さあ、どうしようか」と思った。今度は渡ってみようかなどと思った。

失くしたものは、微々たるものとはいえ、私にとっては、とても大きなものだった。

焦りはあった、悔しさもあった。不思議と気持ちの落ち込みはなかった。

ただ、気力の充実が図れなかった。今は、術後の患者として、養生に努めようと思った。

手術を担当した外科医から、手術後の廃用でリハビリが出来るか、K病院に打診してみる、と提案があった。

この話は双方の担当者同士の行き違いがあったようで実現出来なかった。期待はしていたが、それで気持ちが揺さぶられることはなかった。

2週間ほどして、抜糸、と言っても、大きなホッチキス針のような針を抜いた。合わせて残液を流していた管を抜去したが、胃瘻の管は短くして左脇腹に固定された。

2017年10月19日、S病院を退院して、自宅に戻った。

胆嚢炎にしては、長い入院だった。血液サラサラ薬が入院を長引かせたようだ。自宅療養の日常に戻った。リハビリをしても、手術の後遺症か体全体に力が入らなかった。

10月30日、月に一度の診察のためK病院を訪れた。

主治医に胆嚢炎などその後の経緯を話すと、S病院からの話は、全然知らなかったという。

どうやら事務方同士の話では、意味が通じてなかったようだ。

K病院、S病院で話し合った結果、K病院へリハビリ入院することになった。

廃用が理由で3カ月90日間の入院だった。入院日は11月15日と決まった。

胆嚢炎で入院、手術、加療、自宅でリハビリか、病院でリハビリか、と話が二転三転し、気持ちが定まらない日が続いたが、やっと落ち着いた。

この間、S病院で胃瘻の残りの管を抜去し、嚥下もFの治療を受け大分回復していた。


前回、全身麻痺で入院し、リハビリを受けた時は、あまりの状態に何も出来ない自分が為すすべもなく、唯々《ただただ》療法士に縋《すが》っただけだった。

今は、自分の状態を理解していた。そして、それがとても困難なことも理解していた。悪戯《いたずら》に目標を遠くに置かず、目標を近くに置いて、それに集中することにした。


腕は全然力なくダラリとして、力の拠り所をなくしてしまっていた。両手とも握力は5kg以下だった。

また、腕も手も指も痙縮し、腕は遠くに伸ばせなかったし、体のそばから離れなかった。手は手首が内側を向いて真っ直ぐにならなかった。指も縮まって握ったままだった。

療法士は、無くなった筋力の強化、痙縮の揉み解《ほぐ》しのため、様々な動作を繰り返し行った。

根気のいるリハビリだった。いろんな道具を使い、毎日、毎日、繰り返し続けた。

途中、左手が少し機能するようになったところで、左を中心に左手を強化し、利き手を左に移して食事の練習をする案がでたが、私は食事に限らず、先を見据えて均等に進めることを主張した。

療法士は私の考えを尊重して、繰り返し両手の治療を続けてくれた。

足の強化は家では出来ないことを中心に据えて強化を図った。

立つという行為に時間を費やすことを前提に、足の感覚を養うことに専念した。

療法士は、それに適う機器を使用して行った。

嚥下や咀嚼の強化は少し優先度を落として、その分を足の強化に時間を多く取ってもらった。

こんな具合に、1日3時間のリハビリスケジュールを組んで貰った。

思いもかけず機会を得た入院リハビリに、とにかく集中した毎日を過ごした。

こうして割り切ってリハビリに取り組むと、他人《ひと》と比べて、自分の不幸に気が沈むこともなく、意外に淡々と入院生活を過ごすことが出来た。

それは何より自分自身の症状がそう簡単なものではないことが、理解出来ていたことが大きかった。

今までの焦りは、社会制度の壁も少なからずあったとしても、悪あがきに等しい高い目標を目指し過ぎたことと私は、理解していた。

K病院は延べ1年にもなる入院生活となり、病院の慣習、雰囲気、職員にも馴染んだ環境だった。

同じ食事の介助を受けるにしても、当初は食物を口に運んでもらっても、咀嚼中に次の食物を目の前に用意されると、急いで呑み込もうと、むせてよく吐き出してしまったりしたが、今は急ぐこともなく自分を主体に食べることが出来た。相変わらず不味《まず》いことに変わりはなかったが。もっとも、気の利いた看護師、介護士は私の咀嚼を観察し嚥下を確認してから次に取り掛かった。


また治療中、すっかり顔見知りとなった療法士に、全身に麻痺を負っても、認知力の確かなことを恨めしく思うと話すと、彼は、それが逆だったらどうします？ と問いかけてきた。難しい問いかけだった。

かなり厄介な患者となるだろう。施設に任せるしかない。自宅療養なんて有り得ないと思った。

この入院は、これまでの自宅療養、これからも続く自宅療養を支えてくれる妻には、格好の介護休暇となったことは、確かだった。

2018年2月7日退院、自宅療養に戻った。

僅かだが体幹が鍛えられたことは認識出来た。

9　明日に向かって

私がこの病気を発症したのが、２０１５年3月、リハビリを経て、復帰しようとした矢先、２０１6年3月に再発した脳幹梗塞は生きることを放棄したくなるような症状を私に残した。

こんなにまでなって、何故生きるのか分からなくなることが、何度かあった。長い時間をかけて、回復へ挑む覚悟を固めたところで、ポツンと宿った新たな痛みが数時間後には、絶大な痛みへと変化し固めた覚悟を握り潰した。覚悟が泣き言へと変わる自分が情けなくなる。

しかし、痛みは去った。回復への執着心は以前にも増して充実していた。

２０１８年11月、発症してから3年半、再発してから2年半が経ち、近頃やっと動けないことへのストレスをやり過ごすことを覚えた。

ひとりベッドで悶々と過ごすこともなくなり、時間を持て余すことなく過ごせるようになった。

何より医者への怒りと憤りが、メンタルを強く保たせてくれていた。

今、私の身体の状態は、寝たきりでベッドのリモコン操作でやっと起き上がる、まだ寝返りも打てない状態である。

手は左手にタッチペンを持ち、キーボードのキーをポツポツと拾って打つ程度は出来るようになった。タッチパネルは指先が震えて定まらない、右手の握力はペンも握れない状態であるが、リハビリでベッドから起こしてもらって座位を取れば、ひとりでも座れるようになった。

足で蹴る感覚も強くなり、確実に体幹が向上している自覚は持てる。いずれ歩く日は必ず訪れる。

排泄は未だ摘便でバルーンも付けたままだが、きっともうじき身軽になれる。

咀嚼や嚥下、呼吸や言葉もだいぶ回復した。今ではちゃんと会話ができる。しかし、電話は難しい、第一受話器が保持できないが、顔を突き合わせた会話ならば問題ない。

食べ物だって、一番難しい麺類を介助の手を借りられれば食べられるようになった。


今リハビリは、私のライフワークである。

少しでも回復の手応えを感じられればメンタルが保てる自信は、今までの経験で十分培われた。

新たな疾患が襲おうと、受け止めることが出来るだろう。

幸い時間は十分ある。

立ち上がり手を振る自身のイメージが現実味を帯びて来たこの頃である。

私は〝立ち上がり歩くこと〟を目指し続けます！

２０１８年11月

闘病雑記

◇医は仁術？　医者は金儲け！

地方の小さな町に住む私の両親は年を取ると共に、拠り所のない心細さから、たった一つの咳でも、ちょっとした怪我や動悸、寝違えたりしただけでも近所の病院を訪れた。そして医師と話し、薬を処方してもらって安堵を得ていた。

病院はそういう老人達で繁盛している。待合室はお年寄りで溢れていた。みんな顔見知りだ。

お互いに自分の持病について話し、ひとによっては自分の病名の多さ、薬の多さを自慢している。

今日、病院に来ない顔見知りを、病気ではないか、と心配までする。

向こうの病院の先生は、大丈夫と薬を出してくれないが、ここの先生はすぐに出してくれる。

いい先生だから、この病院はいつも混みますね。

病院を出て駐車場の隣には、この病院の医師の娘が経営する調剤薬局があった。

同居した母が、私の家の近所の病院に行って「どこも悪くないですよ」と言われて薬が貰えない、ヤブ医者だと怒っていた。

◇待たれる名医の誕生

私は医師の所見の間違いで重篤な状態に陥ってしまった。

しかも、二回も続けて、別の医師がそれぞれ間違えた。

こういうことは、どれくらいの確率で起こるのだろう。

まさか連続で間違うなんてことは、そんなに多くないと思いたいのだが、宝くじにも当たったことのない私が、簡単に当たりを引けるのだから、結構な割合で発生しているのでは、と思われる。

そして単独でなら、かなりの確率で発生しているに違いないと思う。

臨床経験も満足になく不勉強で不見識、非常識な医師など存在を許していいはずがない。

医療行為を偽った実習や研修を実施されたのでは、ババを引く患者がもっと増えてしまう。

患者は一人ひとりが人格を持っているのであって、二人に一人が上手くいけばいい訳ではない。

症例や画像データを集約したデータ解析処方の完成、導入が待たれる。全国どこでもどんなに不勉強な医師でも、画像データと患者の訴える症状を間違えずに入力すれば、脳梗塞の所見など間違えるはずもないだろうし、どこにいても愚かな所見に嵌《おと》められることはないだろう。

私のような不幸な患者を、二度と生まないためにも、急いで欲しいものである。それを待つより、不適格な医師を排除出来れば、すぐにでも解決出来るのだが。

◇看護師、介護士という職業

私は重篤な状態を経験し、生の領域に残ったが、いずれ終末を迎える時、患者の誰もが、遭遇するだろう状況に立たされ、最後まで世話をし、その人格を守ってくれるのは、看護師や介護福祉士達の存在だと痛感した。

誰もが人生の最終局面で、意識朦朧として垂れ流しの状態を招いた時を救い、尊厳を守ってくれる立場を担うひと達に、もっと感謝と敬意を払うべきだろうと思った。

ただ重篤な状態になっても何も分からない訳ではなかった。

重篤だからといって分からない訳ではなく、患者は痛みや苦しみに対して、より繊細に感じるのであった。

それを訴える手段を持ち合わせないだけだった。

体を動かすことも、声を発することも出来ないだけなのである。

とかく患者の状態が重くなると、何を言っても何をしても分からないと思いがちだが、私は不遜な態度、不遜な言葉を投げかけた者の記憶が鮮明に残っている。

そんな看護師、介護士には、細やかで行き届いた看護、介護を心掛けるものと、乱暴でガサツな輩がいた。

私が全身麻痺に陥り混濁の中で過ごした時、こんな二つの特徴的な看護師、介護士に出会った。

◇断捨離と墓仕舞い

ある日突然、継続を続け、これからも継続が続くだろうと思って疑わなかった時間軸を踏み外し、別の時間軸の生活を余儀なくされる。

救急診療で運ばれた世界は、正にタイムスリップしたのと同じような世界である。日常がすっかり変わってしまう、周囲の環境が病院でしかないのだった。そこは生業《なりわい》の中心だった職場でも家庭でもなかった。


この時、幸い私は、思い立って身の回りを片付けたばかりだった。たまたま父親が亡くなり、母親が私と同居に慣れたところで実家を処分することになり、処分を前に実家を片付けたのだが、夥《おびただ》しい家財の中には、私に取っては、必要と思われる物はほとんどなかった。

そんな訳で私の身の回りは、残された者に、必要な物が分かり易く整理されていた。あまり綺麗に片付け過ぎてヘソクリまで見つかるという弊害はあったが、借金が見つかるよりは良かったと思う。

入院中に必要な支払いやあらゆる生活に関わることは、妻でも容易に片付けることが出来たのだった。

唯一、実家の墓仕舞いが残ったが、煩雑な手続きを息子が片付けてくれた。
息子は私の入院中にすっかり大人となり、妻に頼りにされるようになっていた。
家に私の居場所はベッドの上だけになっていた。

あとがき

私は、２０１５年に脳梗塞を発症、翌２０１６年に再発し、今まで健常者として見て来た病院や障害を持つ世界を、内側から見、体験する側に立つことになった。

最初、私は私自身の障害を理解できず、自分自身で納得し受け入れるまで相当の時間を要した。

つまり頭で理解はしても、体にまで理解が浸透しなくて、健常者の動きをしてしまい、何度も転んだり躓いたりを繰り返した。

私はそんな罹病者のこころの動き、心理状態を介護や看護、医療に携わるひと達が一体どれほど理解しているのか、また街往《まちゆ》く健常者達がどれほど関心を払っているのか、障がい者として甚だ疑問に思った。

また再発し重篤な症状を残す身体となり、医療や介護の在り方、制度の矛盾を腹立たしく思った。

そんな私の３年半あまりの心情――私の見た治療の内側、障がい者として健常者への怒り、脆弱なバリアフリーのソフトとハード、医師への憤り——を被介護者として、医療従事者、福祉従事者、健常者の理解を得られればと、この手記に描写したつもりである。

菊池新平

2019年1月

菊池　新平（きくち　しんぺい）

1953年、宮城県生まれ
会社顧問

脳梗塞の手記

2019年4月19日　初版第1刷発行

著　者　菊池新平
発行者　中田典昭
発行所　東京図書出版
発売元　株式会社 リフレ出版
〒113-0021　東京都文京区本駒込 3-10-4
電話 (03)3823-9171　FAX 0120-41-8080
印　刷　株式会社 ブレイン

ISBN978-4-86641-230-6 C0095
Printed in Japan 2019

ご意見、ご感想をお寄せ下さい。

［宛先］〒113-0021　東京都文京区本駒込 3-10-4
東京図書出版